KB188065

당신이
몰랐던
박람회장

1. GA 가을 위의 산책

글 **유준상**

배우이면서 영화감독, 싱어송라이터이자 작가. '배우'라는 이름으로 한정하기 힘든 다재다능한 예술가.
스물다섯에 연극으로 데뷔해 지금까지 '배우'라는 이름으로 살고 있지만, 영화와 음악, 글을 쉼 없이 창작하고 있다.
30년 넘게 꾸준히 일기와 그림, 글을 쓰며 내면을 연마하는 동력으로 삼고 있다.
《행복의 발명》(2012년), 《JUNES THE ARTBOOK》(2013년), 《별 다섯 개》(2016년), 《나를 위해 뛴다》(2023년)는 그렇게 해서 탄생된 책들이다.
《당신이 몰랐던 박람회장》은 유준상이 쓴 첫 판타지 동화이다. 캐나다와 쿠바 등 여러 나라를 여행하며 영감을 받은 자연물과 풍경,
사람과의 관계를 모색하며 차근차근 써온 창작물이다. 책 속의 주인공 쥬네스(Junes)는 작가의 분신이다.
유준상은 박람회장의 이야기로 연주곡을 만들어 곧 앨범을 출시할 예정이다.

그림 **이엄지**

뮤지컬과 연극 무대 위에 상상의 세계를 만드는 아티스트.
뮤지컬 〈미세스 다웃파이어〉, 〈시티 오브 엔젤〉, 〈4월은 너의 거짓말〉,
〈프리다〉 등 다양한 스타일의 세계를 무대 위에 펼쳐낸 무대예술가이다.
현재 Cu:reative(큐리에이티브) 디자인 컴퍼니의 대표이다.

소컷, 디자인컷 그림 **쥬네스**

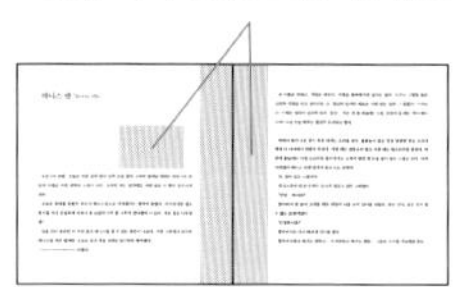

당신이 몰랐던 박람회장 1. GA 가을 위의 산책

2024년 10월 18일 1판 1쇄 발행

글 유준상 **그림** 이엄지
발행인 유재옥

이사 조병권 **출판본부장** 박광운
편집1팀 박광운 **편집2팀** 정영길 조찬희 박치우 정지원 **편집3팀** 오준영 이소의 권진영
디자인랩팀 김보라 차유진 **디지털사업팀** 박상섭 김지연 윤희진
라이츠사업팀 김정미 맹미영 이윤서 **영업마케팅팀** 최원석 이다은
물류팀 허석용 백철기 **경영지원팀** 최정연
발행처 (주)소미미디어
등록 제2015-000008호
주소 서울시 마포구 토정로 222, 502호(신수동, 한국출판콘텐츠센터)
판매 (주)소미미디어
전화 편집부 (070)4164-3960 **기획실** (02)567-3388 판매 및 마케팅 (070)8822-2301, Fax (02)322-7665

ISBN 979-11-384-8482-4 04810
ISBN 979-11-384-8481-7 04810(세트)

· 책값은 뒤표지에 있습니다.
· 파본이나 잘못된 책은 구입한 곳에서 교환해주시기 바랍니다.

+ 표지·본문디자인 DESIGNPURE

당신이 몰랐던 박람회장

What you didn't know about the fairground

1. GA 가을 위의 산책

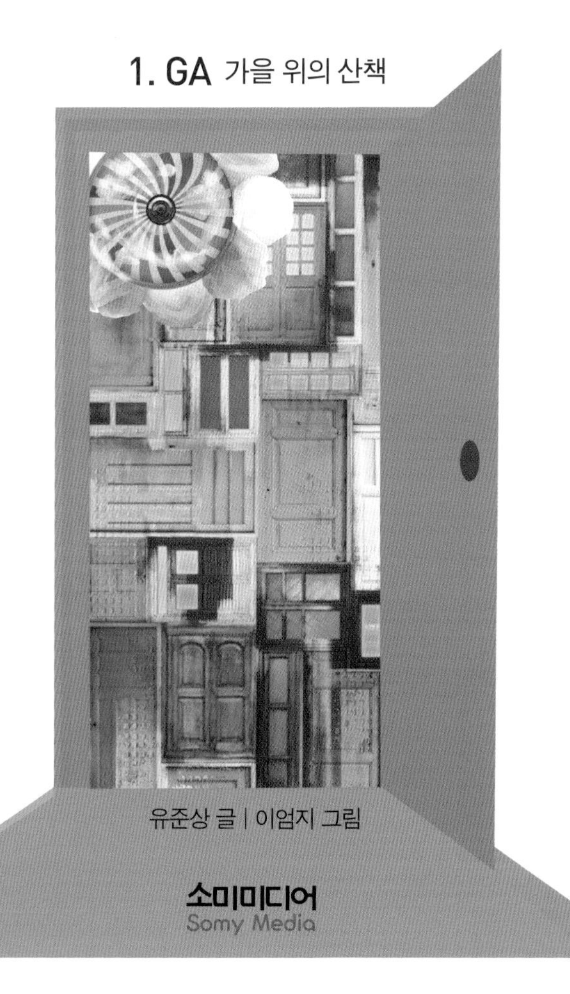

유준상 글 | 이엄지 그림

소미미디어
Somy Media

작가의 말

안녕하세요. 유준상입니다.

작가의 말, 이 공간을 저는 여백으로 비워두고 싶었어요.

여러분에게 너무 많은 이야기를 하고 싶고

박람회장을 준비하면서 감사한 분들이 너무 많아서

오히려 빈 공간으로 두면 제 마음을 가득 담을 수 있지 않을까 생각했습니다.

그리고 여러분의 상상으로 이 공간을 채워가면 어떨까 하는,

그런 재미있는 생각도 해보았습니다.

제 마음이 작가의 말보다 박람회장 이야기로 전달이 되면 좋겠습니다.

앞으로 시리즈가 계속 만들어지길 응원해주세요.

지금부터 저와 함께 가볼까요?

쥬네스 올림

쥬네스의
여행 지도
헤밍웨이 할아버지의 바다
50년 동안 정비되지 않은곳
WATCH YOUR STEP
Road
산 할아버지가 사는 곳
tronauts
a new
for mankind
CAR DEATH:
KENNEDY
TO BE
CHARGED
Travel
telecast
by the
spacemen
COLUMN
Atlantis unlaunched.

Eye Tree
Desert
구두

차 례

박람회장에서 만날 친구들

쥬네스(Junes)

호기심이 많고 순수한
40대의 무명 배우.
테니스를 아주 좋아한다.
우연히 '테니스 할아버지'를 만나면서
박람회장으로 모험을 떠난다.

테니스 할아버지

쥬네스처럼 테니스를 좋아한다.
기억을 잃은 듯 보이면서도
그렇지 않아 보이기도 해
쥬네스를 헷갈리게 한다.
박람회장으로 쥬네스를 이끈다.

별 양치기

'닥터 스카이'의 소속으로
별들을 조정하고
양떼구름을 일렬로 배치한다.

비술(Rain Drink) 아저씨

쥬네스가 박람회장에서
만난 첫 인물이다.
레인 풀(Rain Pool)의
기계를 움직여
비를 만든다.
빗방울을 남기고
기쁨도 상처도 남긴다.

구름 맨

지구를 돌며
구름을 모으고 배치한다.
'구스타', '구름 바'로 불리기도 한다.

닥터 스카이 (Dr. Sky)

박람회장의 천체를 관장하는 최고의 위치에 있다. 구름 맨, 비술 아저씨, 썬 시스터, 스노우 브라더, 산 할아버지의 직속상관이다. 하늘을 나는 비행기를 계속 주시하는 일을 한다.

스노우 브라더 (Snow Brother)

눈을 만드는 일을 한다. 평생 눈 속에 갇혀 있지만 세상 밖으로 나가고픈 꿈을 꾼다.

산 할아버지

산의 모든 것을 키워낸다. 산 그림자 모습으로 쥬네스를 계속 지켜본다. 초록 풀 초니와 나무그루를 통해 쥬네스에게 이야기를 전한다.

나무그루

수많은 나무 동산을 지킨다. 앞으로 두 발, 뒤로 한 발 걷는 걸 반복한다. 그 모습을 보고 쥬네스는 '멈춰야 할 때가 또 다른 시작'이라는 걸 깨닫는다.

초록 풀 초니 (Choni)

'비술 아저씨'의 소속으로 예쁜 새싹을 만든다. 초니가 지나간 자리에 싱그러운 새싹이 자란다.

바람 아주머니

'썬 시스터'의 소속으로 누군가를 등에 태워 나르며 소식을 전한다.

스완 레이크 (Swan Lake)

호수를 만든다.

런던 포그 (London Fog)

'구름 맨'의 소속으로 세상을 뿌옇게 만드는 마술사이다.

몬트리올 까치

'스노우 브라더'의 소속으로 몬트리올에 산다.

분당 까치

분당에 사는 까치이다.

로드(Road) 아저씨
'구름 맨'의 소속으로
도로와 기찻길을 정비한다.

더 나이트(The Night)
'로드 아저씨'의 소속으로
색깔로 저녁을 알리는
역할을 한다.

신호창(Window)
라이트국 소속으로
신호등 전문가이다.
아스팔트를 수리한다.

가로등 아저씨
도로국 소속으로
가로등을 지킨다.

카우와 걸
퀘벡(Quebec)에 사는
두 쌍의 말이다.

아이스크림 아저씨
폭포로 가는 기차 안에서
아이스크림을 판다.

두더지 가족
기차 안에서 만난 쥬네스에게
폭포에 사는 카우와 걸을
소개해준다.

닥터닥터
엄청난 약을 개발하고 있는
박람회장 병원의 의사이다.

클린 아주머니
클린룸을 청소하는
아주머니이다.

헤밍웨이 할아버지
바다 위를 떠도는 모든 배들을
움직이는 바다의 항해사이다.

고래
쥬네스를 헤밍웨이
할아버지에게 데려다준다.

조나단 갈매기
자유를 찾아 홀로 떠난다.

갈매기 친구들
조나단 갈매기를 그리워하는
친구들이다.

지렁이 지토(Gito)
4,999마리의 친구를
구하기 위해 트럭을 타고
모험을 한다.

지영
지토의 아내이다.

지쥬, 지네, 지스
지토의 아이들이다.

썬 시스터 (Sun Sister)

태양을 관장한다. 눈에 갇힌 스노우 브라더를 구할 수 있는 유일한 존재이다.

라인(Line) 씨

도시 정보팀 소속이다.

에우슨 생명체(EWSN)

AI이다. 어디서 들은 자극적인 이야기들만 모아 다른 이에게 전달한다.

무은스 (Moon's)

달빛을 조절하고 달 모양을 바꾸는 존재이다.

꿈 모탈자들

꿈에서 벗어날 수 없는 사람들이다.

더 북 (The Book's) 씨

유명한 작가의 서재를 지키는 존재이다.

루꼬(Luco), 또메(Tome), 라또(Lato)

몬트리올에 사는 갈매기 삼형제이다.

눈동자

모든 사람의 눈과 눈물을 관리하며 눈 나무(Eye Tree)를 만든다.

사막 수호신

사막을 지키며 모래 회오리바람을 일으킨다.

시아노 박테리아

산소를 만든 최초의 생명체로 나이는 36억 년 살이다.

낙타 세 마리

하늘로 날아 별로 가는 로켓에 쥬네스를 데려다준다.

거울 구두

몸통은 거울, 날개 같은 드레스를 입고 구두를 신고 있다. 거울을 통해 백 개가 넘는 쥬네스를 만날 수 있게 해준다.

삼각 머리 챗 로봇 박사

쥬네스에게 도움이 되는 이야기를 해준다.

우주인 박씨

쥬네스를 사파리 달로 안내한다.
쥬네스에게 우주복을 준다.

박람회장에서
쥬네스가 찾아야
하는 힌트
1=1년 1=1분 1=1초
할아버지의 시계
나무그루의 발자국
글이 보일 거야.
당신을
찾았습니다
쪽지
더 많은 이야기가
담겨 있어.
바나나 껍질
기억해!
나중에 꼭 필요해.
바람 아주머니가 준 망토
접었다 폈다 가능.
옷에 닿으면
자동으로 펼쳐져.
테니스 라켓
잘 가지고
있어.
성당 앞 벤치
"시간을
여행하라"
성프란체스코 성당

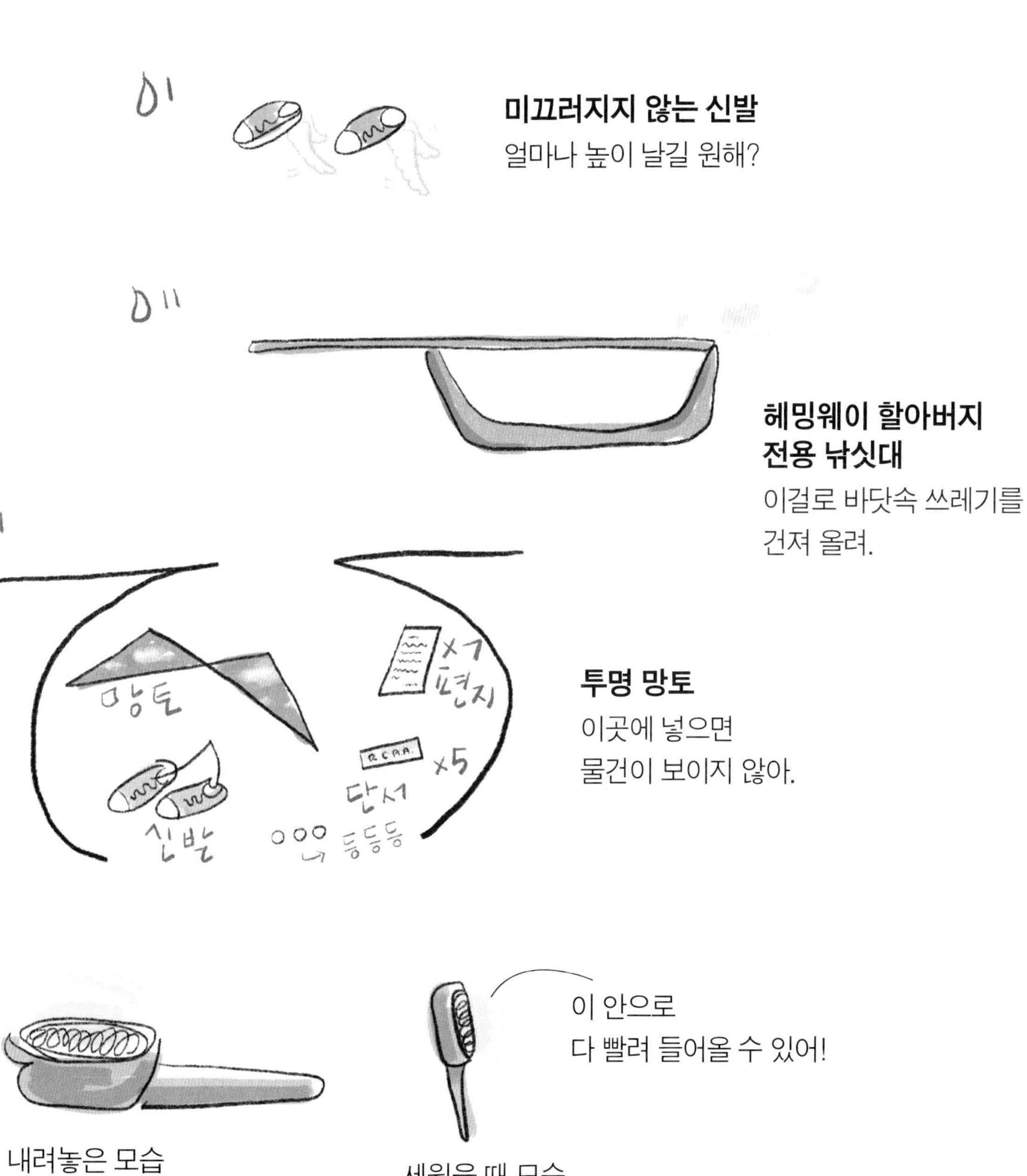

미끄러지지 않는 신발
얼마나 높이 날길 원해?

헤밍웨이 할아버지 전용 낚싯대
이걸로 바닷속 쓰레기를 건져 올려.

투명 망토
이곳에 넣으면 물건이 보이지 않아.

이 안으로 다 빨려 들어올 수 있어!

내려놓은 모습

세웠을 때 모습

소용돌이 손전등

상상해서 그리기

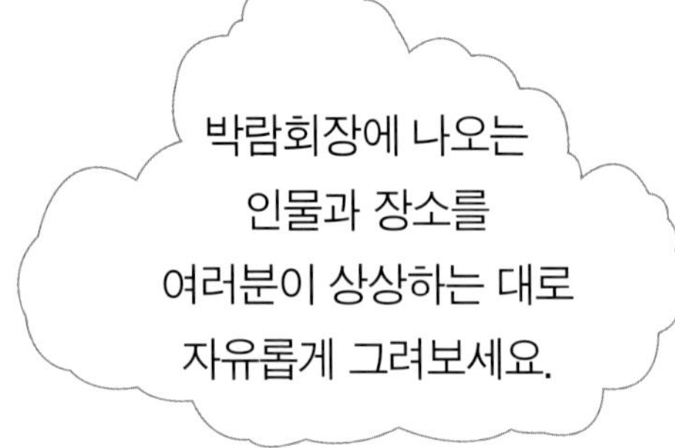

무은스(Moon's)

50년 동안 정비되지 않은 곳

더 북(The Book's) 씨

눈 나무(Eye Tree)

거울 사막

박람회 로켓

박람회 별

나의 마음은
있는 그대로를
얼마만큼
읽을 수 있을까?
그대는 지금
어디를 보고 있나요?
당신과 내가 모르는 동안
달이 뜨고 졌나 봐요.
지금을 느껴봐요.
From JUNES

새로운 세상은 설레인다

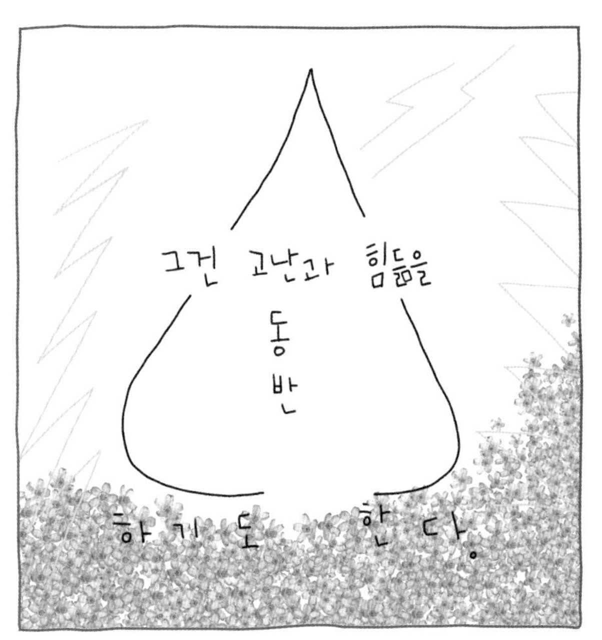

동그라미 개수가 적은 것부터 차례대로 읽어보세요.

테니스 맨 Tennis Man

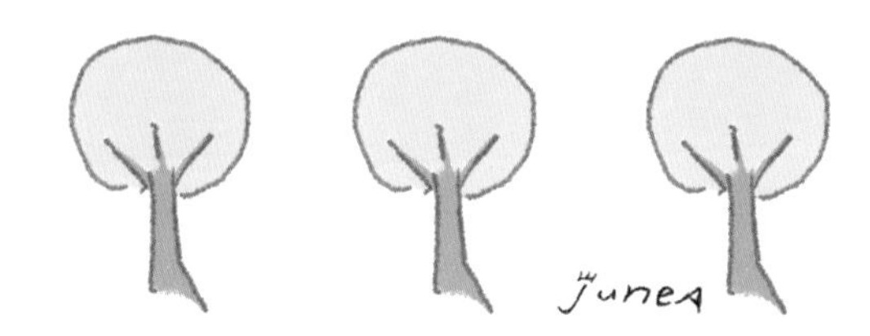

오전 5시 30분. 오늘은 다른 날과 달리 일찍 눈을 떴다. 6시에 일어날 때와는 달리 5시 30분의 아침은 이른 새벽의 느낌이 난다. 모처럼 쉬는 날인데도 이런 날은 더 빨리 일어나게 된다.

오늘은 동네를 찬찬히 걸으며 테니스장으로 가야겠다는 생각이 들었다. 아기자기한 길모퉁이를 지나 건널목에 이르니 못 보았던 나무 한 그루가 건너편에 서 있다. 새로 심은 나무일까?

길을 건너 조금만 더 가면 혼자 테니스를 칠 수 있는 공간이 나온다. 가끔 그곳에서 친구와 테니스를 치곤 했지만, 오늘은 혼자 벽을 상대로 놀이하듯 해야겠다.

모두가 그렇겠지만 산다는 건 참 외로운 일인 것 같다. 하지만 테니스를 칠 때는 혼자도 덜

외롭다.

내 이름은 쥬네스, 직업은 배우다. 여행을 좋아하지만 쉽지는 않다. 누구나 그렇듯 많은 고민과 걱정을 안고 살아가는 나. 열심히 살지만 때로는 이게 맞는 걸까…? 맞겠지…? 아닌가…? 하는 생각이 조금씩 든다. 알면… 사는 게 좀 쉬울까? 그래, 고민이 들 때는 역시 테니스지! 그냥 오늘 하루도 열심히 보내려고 한다.

벽에서 튕겨 나온 공이 축포 터지는 소리를 낸다. 불꽃놀이 같은 '쿵쿵 탕탕탕' 하는 소리가 벽과 나 사이에서 연달아 터진다. 어떤 때는 천둥소리 같고 어떤 때는 빗소리처럼 들린다. 바람에 흩날리는 낙엽 소리처럼 들리다가도 소복이 쌓인 흰 눈을 쓸어 담는 느낌도 든다. 마치 사계절이 테니스 라켓 안에서 돌고 도는 듯하다.

'와, 살아 있는 느낌이야.'

테니스공이 내 손 안에서 신나게 뒹굴고 있던 그때였다.

"안녕… 하시죠?"

할아버지 한 분이 고개를 빼꼼 내밀며 나를 보며 인사를 건넸다. 화난 건지, 웃는 건지 알 수 없는 표정이었다.

"안녕하시죠?"

할아버지는 다시 빠르게 인사를 했다.

할아버지라고 하기도 뭣하고… 아저씨라고 하기도 뭣한… 그분은 나이를 가늠해볼 틈도

주지 않고 말을 이었다.

"나랑 테니스 좀 쳐줄래요?"

"아…, 안녕… 하세요. 네…, 그럼요."

테스니스를 맘껏 친 후라 짐을 챙기고 가려고 했는데, 할아버지의 해맑은 표정에 나도 모르게 그러겠다고 답을 했다. 할아버지의 표정은 찰나였지만 변화무쌍했다. 내가 배우라 그런지 그런 표정을 배우고 싶다는 생각이 불현듯 들었다.

30분 넘게 할아버지와 테니스를 친 후 집으로 갈 채비를 하고 있는데, 할아버지가 또 한마디 건넸다.

"저기, 나랑 테니스 좀 쳐줄 수 있어요?"

"네?"

어! 뭐지? 아까 테니스를 함께 쳤는데…. 마치 처음 나를 보는 듯한 표정과 수줍어하는 말투, 나를 빼꼼빼꼼 쳐다보는 저 눈빛까지. 어쩜 이렇게 천연덕스럽게 연기할 수 있을까 싶었다. 혹시 배우를 하셨나 의심이 들 정도로 말투와 표정이 놀라웠다.

나는 모른 척하고 다시 테니스 라켓을 들었다. 이마에서 슬슬 땀이 나고 옷이 땀으로 젖기 시작했다. 그렇게 한 시간을 넘게 쳤을까?

"저, 이제 가봐야 할 것 같습니다. 개인 훈련을 해야 해서요."

"그래요."

"그런데 테니스를 정말 좋아하시나 봐요."

"정말 좋아해요. 오늘 아침에도 테니스를 쳤어요…."

옷을 갈아입으려고 신발을 벗고 있는데, 물 한 모금 마신 할아버지가 다시 말을 걸어왔다.

"저기… 나랑 테니스 좀 쳐줄래요?"

"네? 또, 또, 또요?"

그때 할아버지의 손목시계에서 알람이 요란하게 울렸다. 할아버지는 대수롭지 않은 듯 시계를 흘끔 본 후 다시 테니스장으로 가자고 손짓했다.

할아버지가 나를 처음 만나는 것처럼 얘기하는 게 가장 이상했지만, 시계를 보는 눈빛은 마치 임무를 마친 요원 같아 보였다. 뭔가 대단한 문자를 본 듯한 표정이었다. 예사롭지 않은 분 같았다. 게다가 해맑은 표정 연기에 나도 모르게 테니스를 왠지 다시 쳐야 할 것 같았다. 그래, 테니스를 좋아하는 사람이라면 이 정도의 열정은 있어야지. 나도 '열정' 하면 안 빠지는데….

테니스를 너무 좋아하는 것 같아 할아버지와 또 한 번 테니스를 치고 나서 서둘러 일어서려고 했다.

"혹시, 박람회장 알아요?"

할아버지가 말했다.

"박람회장요? 네. 가본 적은 있어요. 무슨 박람회였는데…."

나는 어렸을 때 갔던 박람회장을 머릿속으로 그려보며 대답했다.

"아니요, 우리 동네에 있는 박람회장요."

"우리 동네에 박람회장이 있었나요? 들어본 적이 없는데요. 도서관은 가본 적 있습니다만. 하하하."

"내가 박람회장으로 안내하고 싶은데… 한번 가볼래요?"

갑작스러운 말에 어찌할 바를 몰랐지만, 호기심 많은 나는 '박람회장'이라는 말을 듣자 궁금증이 일었다.

"거긴 어떤 곳인가요?"

나는 호기심 가득한 표정으로 할아버지에게 물었다.

"모든 것이 다 있는 곳이죠."

할아버지의 눈빛이 빛나기 시작했다.

"모든 것이 다요?"

"그런데 한번 들어가면 언제 나올 수 있을지는 몰라요."

"네? 하하하! 아이, 농담도 참 잘하시네요. 그런데 아까부터 궁금했는데요, 젊으셨을 때 혹시… 배우 한 적 있으세요?"

할아버지가 멀뚱멀뚱 나를 쳐다보았다. 농담으로 건넸는데 할아버지는 웃지 않았다.

"그곳은 아주 재밌을걸요?"

갑자기 할아버지가 빙그레 웃으며 말했다.

재미있을 거라는 할아버지의 말에 이끌려 옷을 갈아입고 가방을 챙겨 따라가 보기로 했다.

'테니스를 30분만 치고 가려고 했는데… 벌써 두 시간이나 지났네….'

이를 어쩌나 하는 마음이었는데 나도 모르게 이런 말이 튀어 나왔다.

"할아버지만 그냥 따라가면 되나요?"

"네. 따라오면 돼요. 그리고 나중에 테니스 한번 쳐줄래요?"

"그럼요. 그런데 할아버지, 저랑 방금 테니스 쳤던 거 기억 안 나세요?"

할아버지가 주머니에서 쪽지 하나를 꺼내 내밀었다.

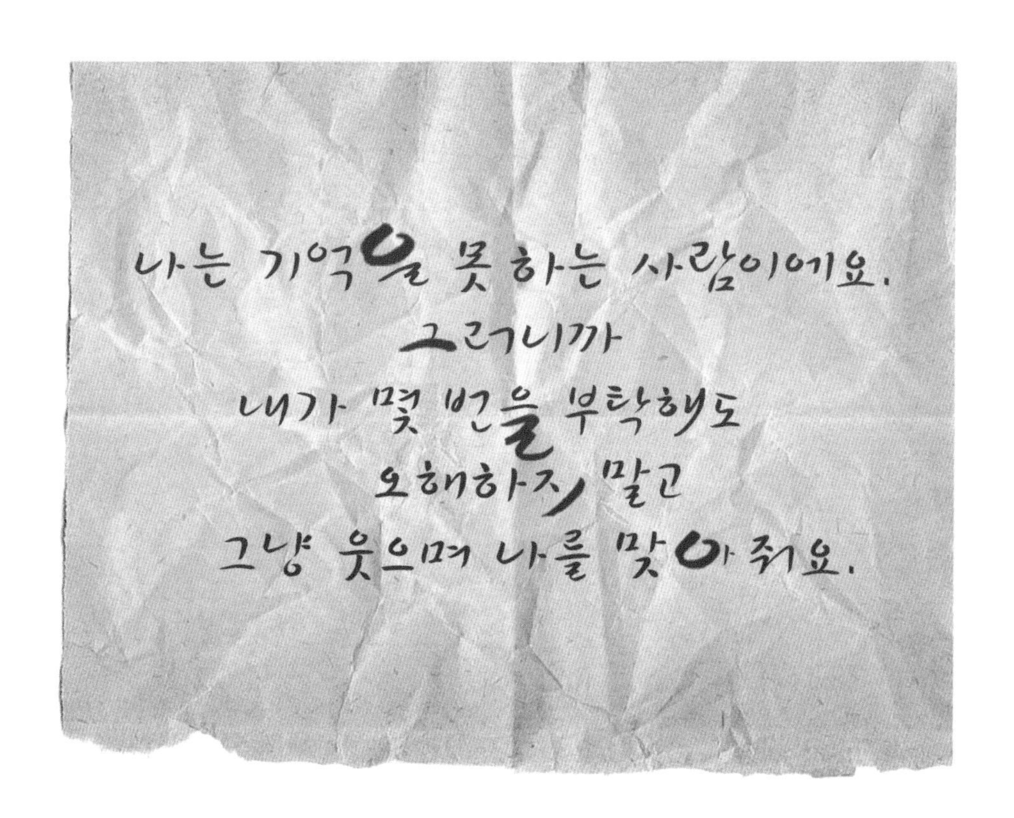

나는 기억을 못하는 사람이에요.
그러니까
내가 몇 번을 부탁해도
오해하지 말고
그냥 웃으며 나를 맞아 줘요.

“내 몸은 굳어가고 있어요. 기억도….”

잠시 머뭇거리던 할아버지는 나와 했던 얘기를 기억 못 하는 듯 눈을 끔뻑끔뻑했다. 분명 무슨 말을 하고 싶은 듯했는데, 뭔가가 기억을 막고 있는 것 같았다. 나는 다시 한 번 쪽지를 바라보았다.

종이쪽지는 눈물에 젖은 건지 빗물에 젖은 건지 얼룩져 있었다. 나는 쪽지를 주머니에 넣으며 조심스럽게 말했다.

“저기… 박람회장요….”

“박람회장?”

“네, 박람회장요.”

“….”

할아버지는 아무 말 없이 앞장서 걸어갔다. 할아버지를 뒤따라 얼마나 갔을까.

‘우리 동네에서 처음 보는 곳인데 여기가 어디지? 내가 자주 가던 길이 분명한데 이상하다….’

신기해하며 골목 모퉁이를 돌았을 때 낡은 벽돌집이 눈에 들어왔다.

‘저런 집이 우리 동네에 있었나? 저 붉은 벽돌집은 뭐 하는 곳이지?’

벽돌집에는 금방이라도 하늘로 둥둥 떠오를 것 같은 풍선과 솜사탕이 달려 있는 차가 그려져 있었다. 어디까지 그림이고 어디까지 진짜인지 신기해하며 쳐다보다가 할아버지에게 물었다.

Junea

“저기 벽에 있는 솜사탕과 풍선, 그림 맞죠?”

그때 벽돌집에 달려 있는 솜사탕이 바람개비처럼 서서히 돌기 시작했다.

“저 안으로 들어갈 용기가 있나요?”

할아버지가 내게 물었다.

‘용기’라는 말을 듣자 나도 모르게 두 손에 힘이 불끈 들어갔다. 아, 얼마 만에 들어보는 말일까. 용기!

“그럼요. ‘용기’ 하면 접니다!”

나는 큰 소리로 대답했다. 젊은 시절, 배우가 되겠다고 큰소리치던 용기가 지금은 그냥 이 일을 할 수 있게 되어서 다행이라는 마음으로 변해갔다. 지금도 무명 배우지만… 언제부턴가 용기와 도전이 사라져서 아득한 말처럼 느껴졌다.

“네… 용기… 있고… 싶어요.”

나는 조금은 수줍게 말을 이었다.

“아, 그래요? 그런데 우리 친구가 저길 들어가면 그대의 어릴 적 모습을 볼 수도 있을 거예요.”

할아버지가 내게 다양한 호칭을 쓰며 말하자, 친근하다가도 괜스레 이상한 느낌이 들었다.

“나중에 꼭 나랑 테니스를 쳤으면 좋겠어요.”

할아버지가 말했다.

“나중에 꼭 나랑 테니스 쳐요. 꼭.”

할아버지는 환한 얼굴을 했다가 화난 얼굴을 지었다가 단호하게 말했다.

'할아버지는 어디까지 기억하고 어디까지 못 하는 걸까? 기억은 어디까지 존재하는 것일까…?'

이런저런 생각을 하며 나는 솜사탕을 계속 바라보았다.

'가지각색 모양의 구름처럼 동그랗고 커다란 솜사탕들이 집을 짓고 있는 듯 포개져 있네. 와~ 예쁘다~.'

솜사탕을 보며 아름답다고 생각하고 있을 즈음, 솜사탕이 바람개비처럼 돌기 시작했다.

“왜 돌지? 돌아, 돈다! 벽에 그려져 있는 솜사탕이 돌아!”

나도 모르게 큰 소리로 외치며 흥분하기 시작했다.

“할아버지, 솜사탕이 돌아요! 왜 도는 거죠?”

그때 피아노의 ‘도’ 음계 소리가 귓가에 울리는 것 같았다.

도~ 도~ 도~

그 소리에 정신이 혼미해졌다.

“아! 아악! 내 몸이 뜬다, 떠! 저기, 할아버지! 이게 무슨 일이죠? 아~악!”

그 순간 솜사탕이 나를 끌어당기는 것 같았다. 할아버지를 찾으려고 주위를 둘러보았지만 보이지 않았다.

“할아버지! 아악! 잠깐, 잠깐, 잠깐! 제 몸이 저 안으로…!”

나는 공중에서 허우적대기 시작했다.

‘지금 내가 공중에 떠 있는 건가?’

아래를 쳐다보았다.

“앗…! 떠 있네.”

나는 들고 있던 테니스 라켓을 재빠르게 어깨에 둘러메고 땅에 놓아둔 가방을 집으려고 발버둥 쳤다. 하지만 내 몸은 서서히 서서히 솜사탕 바람개비 안으로 빨려 들어가고 있었다.

"이게 어떻게 된 일이지? 사람 살려! 사람 살려요…!"

텅 빈 어두운 터널을 빠르지 않은 속도로 날고 있는 듯하다가 갑자기 엄청난 속도가 느껴졌다.

그리고… 내 기억이 사라져갔다.

비술 Rain Drink 아저씨

정신을 차리자 내 몸이 하늘에서 천천히 내려오고 있었다.

'낙하산이라도 탄 건가? 평안하게 내려가네. 내가 지나온 터널이 어디였지? 우와~!'

눈앞에 보이는 건 태초의 자연이었다. 내가 표현할 수 있는 건 그것밖에 없었다. 광활한 자연이 펼쳐져 있다니… 빗방울 한두 방울이 내 얼굴 위로 떨어졌다. 나는 이 순간이 꿈일지도 모른다고 생각했다. 그렇지 않고서는 설명이 안 되니까.

'그래. 난 지금 꿈을 꾸고 있어.'

내 나이도, 순간의 고민도, 아무런 기억도 없이 지금 이 순간의 자연 박람회장이 내 눈앞에 펼쳐져 있었다.

박람회장에는 밀림 같은 숲이 펼쳐져 있었고, 잠자리 한 마리가 내 주위를 돌고 있었다. 나

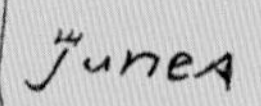

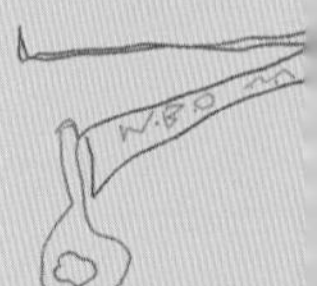

는 잠자리를 계속 쳐다보며 그 친구가 움직이는 방향으로 따라갔다. 잠자리 친구가 내려앉은 나뭇가지 위로 빗방울이 톡톡 떨어지기 시작했다.

"여기는 어디지?"

어리둥절하며 하늘을 올려다보았다.

'분명히 골목 안의 낡은 벽돌집 앞에 있었는데….' 하는 생각도 잠시. 비가 거세게 몰아쳤다. 큰 우산처럼 생긴 나무가 눈에 띄어 얼른 몸을 피했다.

'우와. 빗소리가 이렇게 좋은 줄 처음 알았네. 아름다워.'

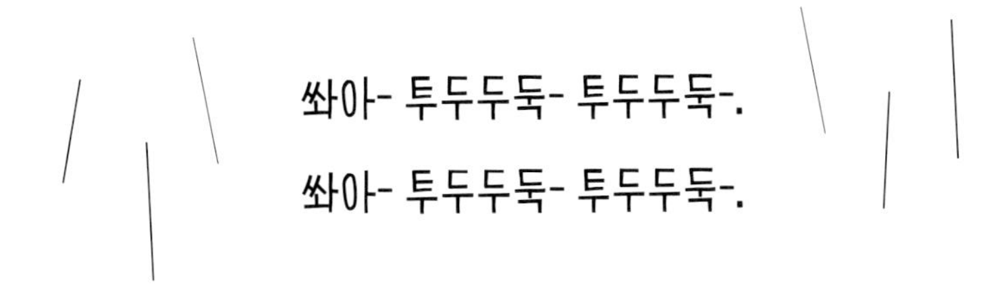

한참 빗소리를 듣고 있었는데 한 아저씨가 내게 다가왔다. 보자마자 '비처럼 생긴 아저씨'란 생각이 제일 먼저 들었다. 멋진 정장 차림인데, 푸르스름한 머리카락이 마치 '푸른색 비를 뿌려주겠어!'라는 느낌을 풍겼다.

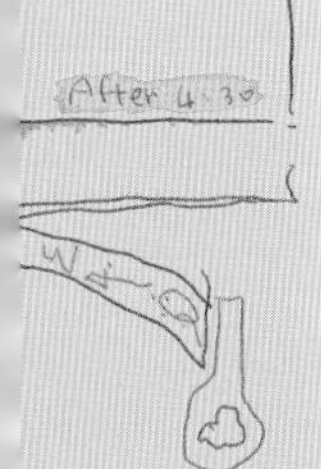

'비가 아저씨 머리 위에만 내리네. 신기하다….'

아저씨는 철통 같은 주전자를 손에 들고 있었는데, 주전자에 입을 대고 목을 축이며 뭔가를 계속 마시고 있었다. 코는 빨갰다.

"안녕!"

가볍게 인사를 건네는데 마치 내게 빗방울이 튀는 것 같았다.

"안녕하세요."

"반갑다. 나는 비를 담당하는 '비술 아저씨'라고 해. 넌 이곳에 새로 온 요원…."

"요원요?"

"아니, 요정…."

"요정요?"

"아니 친구…. 하하, 너로구나."

"제가 여기 올 거라는 걸 알고 계셨어요? 아, 신기하네요. 아! 비술 아저씨라고 하셨죠? 그럼 지금 드시고 있는 게… 술인가요?"

비술 아저씨가 하늘을 바라보며 눈을 깜빡하니 거짓말처럼 비가 멈추었다.

“여기는 자연 박람회장이야. 사람들은 자신들이 어디에서 왔는지 다 알고 있지. 여기는 많은 사람들이 있고, 많은 자연이 있고, 많은 동물이 있어. 그리고 많은 것들을 볼 수 있는 곳이란다. 이거 볼래?”

갑자기 허공에 큰 화면이 펼쳐졌다.

“여기는 레인 풀(Rain Pool)이라는 곳이야.”

화면에 신기한 장치들이 나타났다 사라졌다. 레인 풀 기계의 눈금이 오르락내리락할 때마다 비가 멈췄다 내렸다 멈췄다 내렸다를 반복했다. 레인 풀을 담당하는 비술 아저씨는 골똘히 기계를 쳐다보면서 이것저것 조종했다.

‘뭘 하려는 걸까?’

순간 짧은 번개가 내리친 듯 깜빡거렸다. 비술 아저씨가 얼른 번개 모양의 전화기를 들고 말했다.

“여보세요! 어, 구름 바(Cloud Bar)! 왜 양떼구름을 안 보내는 거야? 구스타!”

‘양떼구름 위로 비를 뿌리려는 걸까?’

통화가 끝나기가 무섭게 양떼구름이 몰려왔다. 마치 내 앞으로 구름이 다가오는 듯했다.

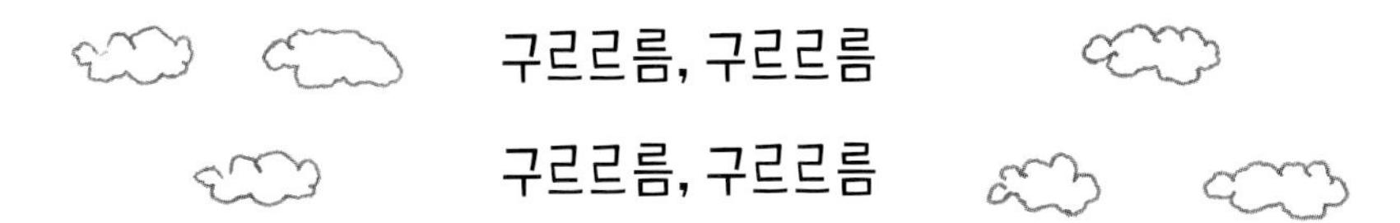

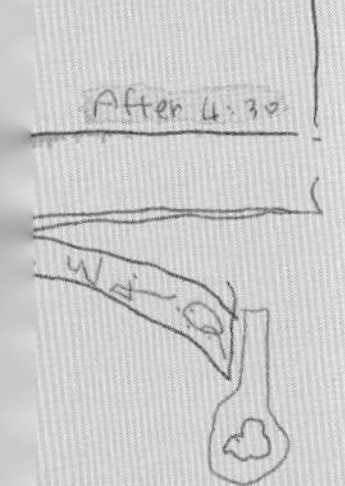

'구름에서 나는 소리 같은데.'

그때 화면을 뚫고 별 장식을 한 양치기가 나타났다.

"나는 행복해! 하지만 그 행복을 지키기 위해선 해야 할 일들이 너무 많단다."

별 양치기는 그렇게 말하며 사다리를 타고 하늘로 오르기 시작했다.

분명히 낮이었는데 별들이 반짝거리는 밤하늘이 보였다. 별 양치기는 사다리를 움직이며 수많은 별을 조정했다. 그때 양떼구름이 가지런하게 일렬로 자리를 잡는 모습이 보였다.

After 4:30

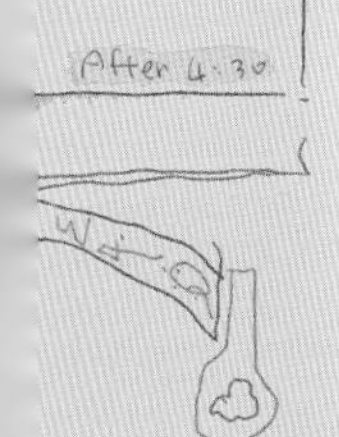

구름 맨과 닥터 스카이 Dr. Sky

별 양치기가 사다리를 타고 내려오니 그 많던 사다리들이 어느새 사라지고 없었다.

"자, 나를 따라오렴."

별 양치기는 말없이 앞장섰다.

'어디로 가는 거지?'

구름 모양의 문 앞에 다다르자 별 양치기가 문을 열어주었다.

"우와~, 여기는 어디에요?"

그런데 고개를 돌렸을 때 별 양치기는 없었고, 큰 하늘 화면 안에 구름 하나가 둥실 떠 있었다. 가만히 쳐다보고 있는데, 구름 안에 손잡이가 있는 듯 비행 조종기를 움직이는 구름 맨이 나타났다.

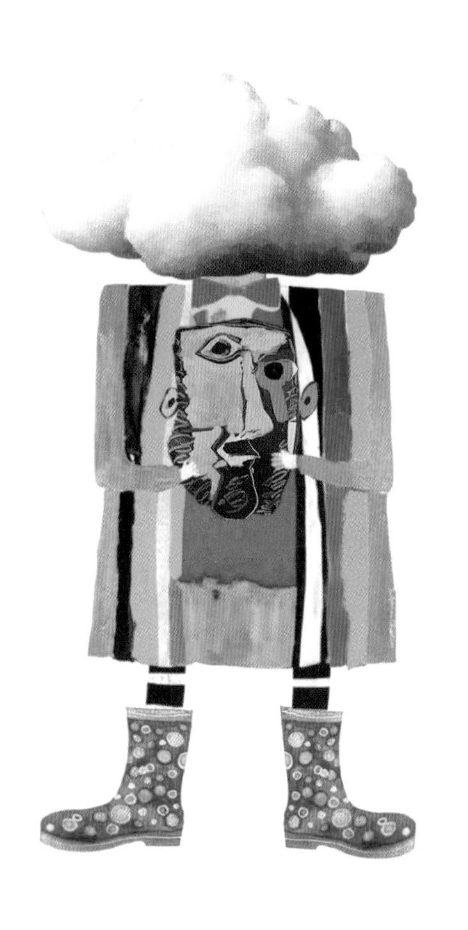

"너로구나!"

'나를 아나?'

"얘기 들었다. 구름구름."

"네?"

"한 친구가 이곳에 올 거라는 얘기를. 구름구름."

"친구요?"

"응, 너!"

"아~ 안녕하세요. 비술 아저씨도 그렇게 말씀하시던데…."

"반갑다. 나는 구름 맨이야. 구름구름."

"구름 맨이요? 그럼 구름 바, 구스타는 누구예요?"

"모두 나야. 변화무쌍해서 나한테는 여러 개의 별명이 있지! 이거 보여줄까? 구름구름구름."

구름 맨은 비행 조종기를 움직일 때마다 '구름구름' 하는 소리를 계속 냈다. 그는 나에게 구름을 만드는 기계를 보여주었다. 그곳에는 색색의 버튼이 죽 배열되어 있었는데, 여러 모양의 도형이 화면에 나타났다 사라지면 갖가지 모양의 형형색색 구름이 생겨났다.

"와~, 멋있다~!"

구름 맨은 떠돌아다니는 구름을 하나둘씩 모아 배치했다. 그의 모습에서 시원시원한 면모

가 느껴졌다.

"음… 잠깐만 기다려줄래? 다녀올 데가 있어서. 구름구름구름구름."

구름 맨은 화면 안으로 들어가더니 다른 구름으로 갈아탔다.

'와~ 여긴 신기한 것투성이네~!'

갑자기 구름 맨이 구름 주위를 돌기 시작했다.

쉬이이익- 슈우슈슈- 구름구름

쉬이이익- 슈우슈슈- 구름구름

'바람 소린가? 이게 무슨 소리지?'

다시 구름 맨이 내 앞으로 휙 다가왔다.

"여기까지가 오십 바퀸데…."

"오십 바퀴요?"

"어."

"내가 방금 하늘을 오십 바퀴 돌고 왔거든. 구름."

"그러면 저 소리는 아저씨가…."

"입으로 내는 소린 줄 알았니?"

"아니요, 농담도 잘하시네요."

"하하하하. 내 말을 농담으로 듣는 사람은 처음 보는구나. 구름구름구름."

"앗! 죄송합니다. 그런데 왜 하늘을 돈 거예요?"

"구름들이 자리를 잘 맞춰 길을 찾는지 살펴보려고. 구름."

아저씨는 가끔 '구름' 소리를 내면서 고개를 옆으로 까딱했다.

"그럼 지구에 있는 구름을 다 보고 오신 거예요?"

"아니, 더 봐야 해."

구름 맨은 정말 빨랐다. 지구를 백 바퀴 더 돌았을 거라고 말했다. 조금 허풍기가 있다고 해도 오십 바퀴 넘게 돌았을 테니, 지구를 한 바퀴 도는 데 걸리는 시간과 거리를 합해보면 정말 대단하다는 생각이 들었다.

'나는 언제쯤 지구 한 바퀴를 돌 수 있을까? 지구에 떠 있는 구름을 다 합하면 얼마나 많을까? 아~ 나도 지구 한 바퀴 돌면서 세상을 다 보고 싶다.'

그렇게 부러워하고 있을 때 구름 맨이 말했다.

"내일은 뭉게구름을 보내줄게."

“아저씨! 어떻게 하면 지구를 돌 수 있나요?”

갑자기 구름 맨이 하늘 위로 사라지더니 큰 소리로 외치는 말이 사방에 울려 퍼졌다.

“잠깐만. 백 바퀴만 더 돌고 올게! 구름구름.”

“언제 오시는데요?”

“그건 나도 모르지. 구~~~~~~~~름~~~~~~.”

‘백 바퀴를 돌고 올 때까지 기다리라고?’

엄청난 속도로 사라지는 구름 맨을 보며, 나는 그에게 듣고 싶은 얘기를 못 들은 게 아쉬웠다. 얼마나 많은 구름을 가지고 있는지, 언제 돌아와 지구를 도는 법을 알려줄 건지, 구름은 어떻게 조정하며, 구름에서 어떻게 비가 나오는 건지, 비술 아저씨랑 상의하는 건지 등등.

박람회장을 여행하며 궁금한 게 더 많아졌고 알고 싶어졌다. 그러려면 구름 맨의 직속상관인 닥터 스카이를 만나야만 한다.

닥터 스카이가 구름 맨의 직속상관이라는 건 조직표를 보고 짐작했다. 신기하게 한쪽 벽면에 조직표가 붙어 있었다.

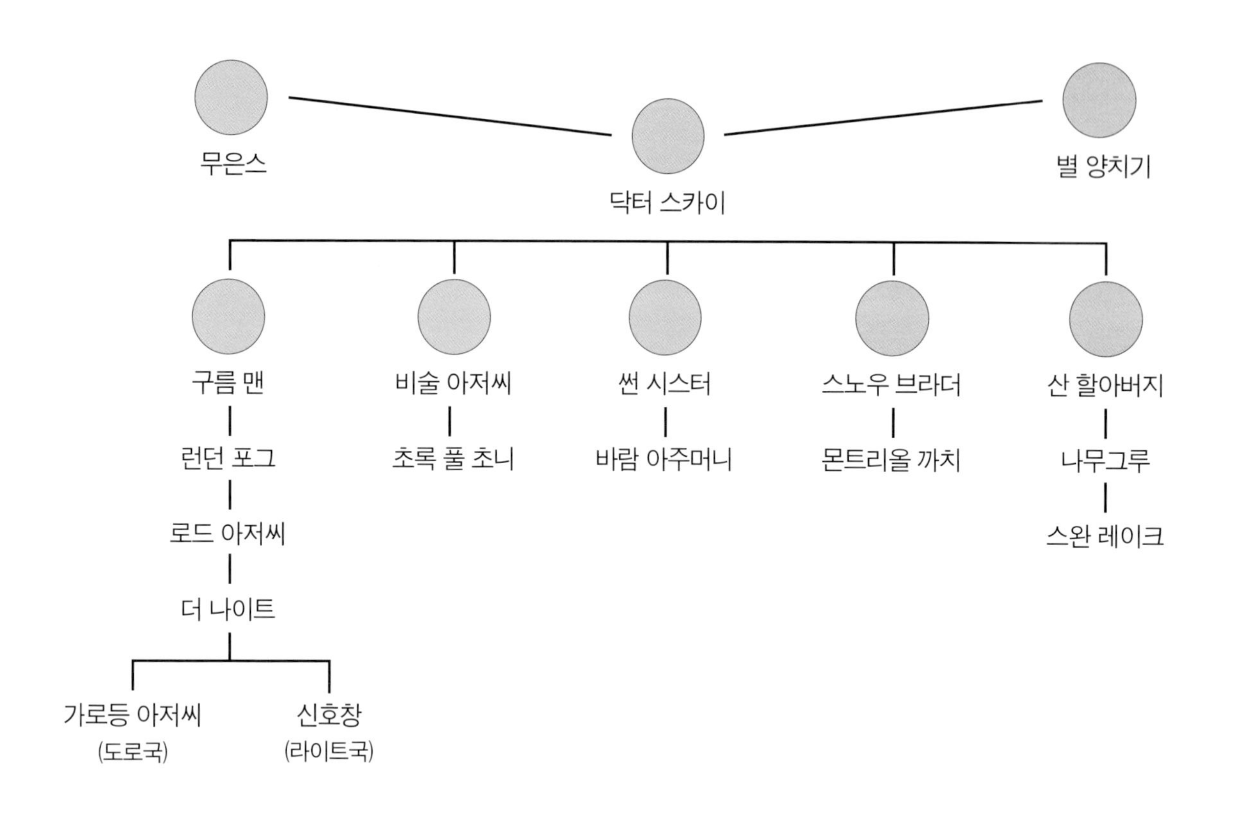

나는 조직표를 보고 외울 수 있는 것들을 머릿속에 다 담았다. 너무 많아서 이걸 다 어떻게 외우나 했지만 참 사람이 대단하다고 느낀 게, 그 짧은 순간에 나는 많은 이름을 눈에 담아 넣을 수 있었다. 그것이 내가 살 길이라고 생각했다. 나도 모르게 왠지 모를 비장함을 느꼈다. 어쨌든 지금은 정신을 똑바로 차려야 한다.

나는 마음을 가다듬고 별 양치기 방 위에 있는 닥터 스카이의 방으로 가 문을 두드렸다.

똑똑똑!

똑똑똑!

그것은 '문'이라기보다 허공처럼 보여서 하늘과 아주 비슷하게 느껴졌다.

똑똑똑!

하나를 열면 하늘이 보이고 또 하나를 열면 세상이 보이고

똑똑똑!

하나를 열면 우주가 보이고 또 하나를 열면 마음이 보였다.

"우와!"

닥터 스카이의 방 안에 들어서자 하얀 벽지 같은 하늘 위에 비행기 한 대가 떠 있었다. 아주 서서히 하늘을 날고 있는 건지, 멈춰 있는 건지 알 수 없는 듯 보였다. 어떻게 보면 조금씩 움직이고 있는 것처럼 보였다.

박람회장에서 겪는 일들은 도무지 믿기지 않았다. 이곳은 매우 아름답지만 한편으로 너무

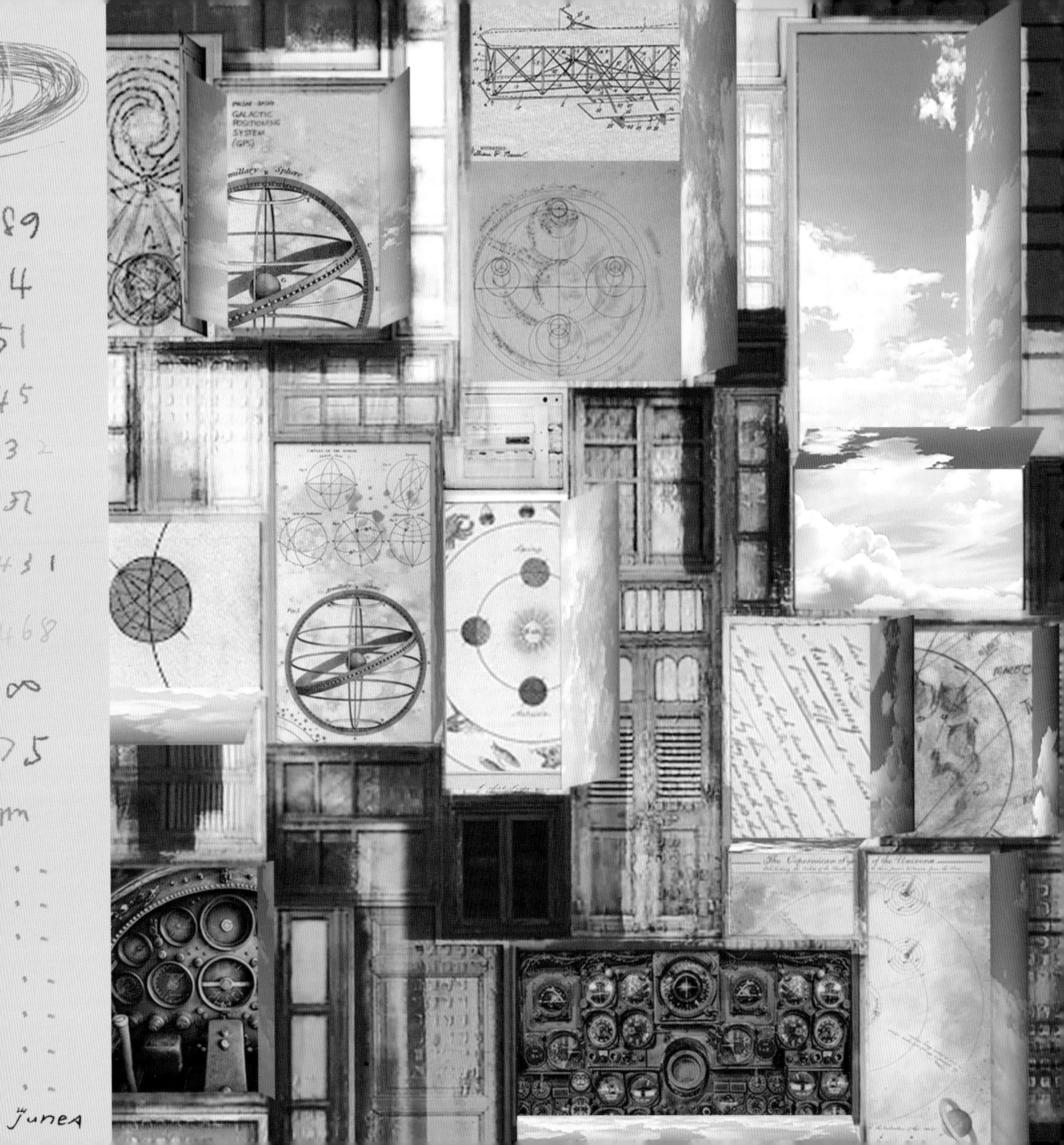
GALACTIC
POSITIONING
SYSTEM
(GPS)
millary Sphere
The Copernican System of the Univers

TEMPERATURE
Wind
W
S
Cloud
HUMIDITY

낯설었다. 한 번도 내가 겪어보지 못한 것이어서 두려움이 더 컸다. '그래, 그게 맞는 표현일 거야.' 그렇게 혼잣말을 하며 그 방에서 네 시간 삼십 분이나 홀로 있었다.

신기하게도 시계가 내 발밑에서 째깍째깍 돌아가고 있었다. 얼른 몇 시인지 머릿속으로 기억해두었다. 이곳에서 나를 지켜낼 방법은 모든 것을 빨리빨리 눈에 담는 것밖에 없다는 걸 깨닫는 순간, 닥터 스카이가 내 뒤에 조용히 서 있었다.

"아이, 놀래라."

태양 모자를 쓴 것 같은 커다란 얼굴과 편안한 표정에 두려웠던 내 마음이 밝아졌다.

'아~ 이분이 닥터 스카이 님이시구나.'

시계가 다섯 시간을 지났음을 가리킬 때 닥터 스카이가 입을 열었다.

"여기서 내가 할 수 있는 건 저 비행기를 계속 쳐다보는 일이야. 단순한 일인 것 같지만, 내가 이 자리를 지켜야만 다른 곳들도 순탄하게 움직일 수 있거든."

구름 맨이 백 바퀴를 돌기 위해 하늘로 날아간 게 닥터 스카이가 시켜서 한 일이 아니라는 것을, 다섯 시간 동안 비행기를 보면서 이해했다.

'내가 모르는 일이 왜 이렇게 많은 걸까? 박람회장인들은 뭔가를 계속 만들고 있으니 말이야. 이렇게 많은 일들을 순식간에 한다는 게 정말 신기해. 박람회장인들은 이 일을 얼마나 오랫동안 해온 걸까…?'

그런 생각을 하고 있는데 닥터 스카이가 슬며시 내 손을 잡았다. 마치 하얀 뭉게구름 같은 촉감이어서 나도 모르게 기분이 좋았다. 아주 따뜻하다가 순간 차가워졌고, 손에 잡히는 듯하다가 손가락 사이로 새어 나가는 듯했다.

그 순간 나는 어디론가 휙 사라지는 느낌이 들었다.

'이렇게 엄청나게 빠른 속도는 뭐지? 으~ 아~ 아~~ 아~~ 아~~~~~~~!"

스노우 브라더 Snow Brother

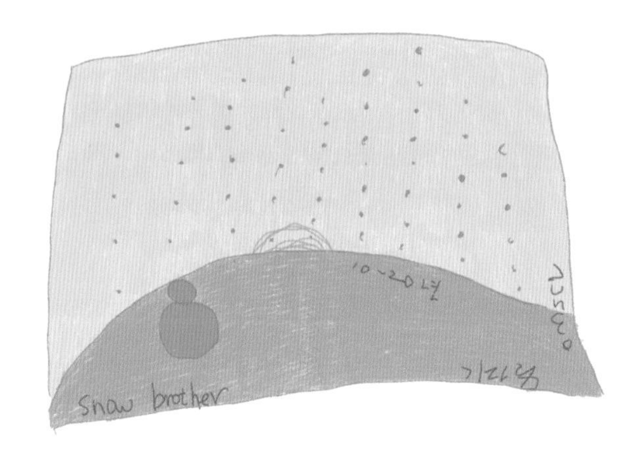

빠르게 어딘가로 온 것 같은데, 손에서 느껴지는 뭉게구름 같은 촉감은 솜털 같은 촉감으로 바뀌어 있었다. 손바닥을 펴보았다.

"어? 눈이잖아?"

하늘을 쳐다보았다.

"눈이네! 눈이 내리고 있어!"

입으로 한 입, 눈으로 두 입. 어느덧 내 몸 위로 눈이 소복소복 쌓여 갔다. 눈을 맞으며 신나게 뛰고 있는 내 모습이 얼음에 비쳤다. 그렇게 뛰어다니다가 갑자기 큰 웅덩이 같은 골짜기 안으로 빨려 들어가고 말았다.

"으악!"

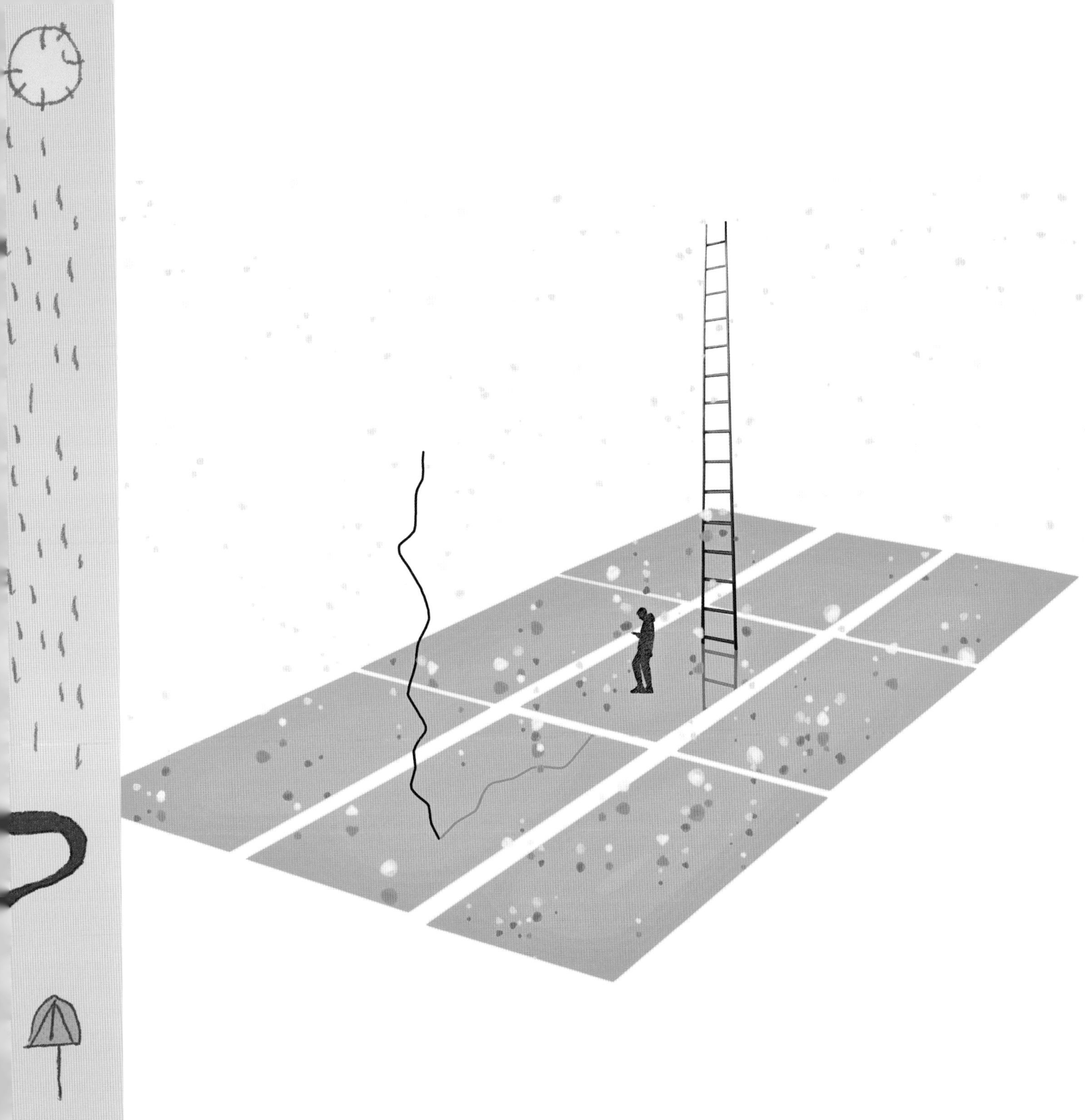

쿵!

“분명히 눈 덮인 땅이었는데… 아… 큰일 날 뻔했네.”

그때 내 어깨에 눈덩이가 툭 떨어졌다. 뒤돌아보니 나를 향해 눈을 던지는 무언가가 있었다. 머리에 한 방, 다리에 한 방 맞아도 전혀 아프지 않았다. 이번엔 눈앞으로 날아오는 눈덩이를 얼른 손으로 막아냈다.

“누구세요?”

“안 녕 !”

“아~ 눈사람? 안녕… 하세요. 눈사람!”

“안 녕 !”

무표정인 듯 보였지만 왠지 웃고 있는 것처럼 느껴졌다. 울고 있는 것처럼 보이기 싫어서 그런 걸까? 조금은 슬퍼 보였지만… 분명 웃고 있는 것처럼 보였다. 어릴 적 눈을 굴려 만들었던 눈사람 친구와도 분명히 알 것 같은, 그런 친근한 눈사람이 내게 말을 건넸다.

“나는 스노우 브라더야.”

“안녕하세요. 어….”

나는 스노우 브라더가 얼마 동안 이곳에 있었는지 궁금했다.

"혹시, 여기 얼마나 계셨는지…?"

"내가 여기 얼마나 있었지?"

"네?"

스노우 브라더는 아주 천천히 천천히 말을 했다.

"나는 여기서 나가지 못하고 있어."

"왜요?"

"아무도 나를 구해주지 않으니까."

"제가 도와드리고 싶은데 어떻게 하면 될까요?"

"내가 나갈 수 있는 방법이 한 가지 있긴 한데."

스노우 브라더는 눈썹 같은 나뭇가지가 눈썹에서 떨어지자 다시 붙이며 해맑게 웃었다.

"움직일 순 있네요?"

"움직일 순 있지. 이 안에서만."

"저는 쥬네스라고 해요."

"응, 알고 있어."

스노우 브라더가 한 마디 한 마디 하는 말들이 다정하게 들렸다.

"아무도 안 만나고 여기 혼자 계시는데 어떻게 저를 아나요?"

"가끔씩 나를 찾아주는 새들이 얘기해주더구나. 박람회장에 새로운 친구가 들어왔다고. 그게 너였네."

“여기는 진짜 신기한 곳이네요. 저는 조금 전까지 닥터 스카이 님과 같이 있었는데….”

“그래? 아~~~.”

스노우 브라더의 깊은 한숨이 나뭇가지에 걸쳐 있는 눈을 사르르르르 흔들었다. 스노우 브라더는 진짜 눈사람이 된 것처럼 아무 움직임이 없었다. 나도 숨죽이고 가만히 있었다. 그때 햇빛이 내 눈을 살포시 비추었다.

‘아, 저 분이 혹시… 썬 시스터?’

아까 보았던 박람회장의 조직표가 머릿속에 떠올랐다. 침묵하던 스노우 브라더가 말을 천천히 이어갔다.

“나는 이곳에 10년인가… 아니 20년인가… 있었단다.”

“아무도 구해주지 않았나요?”

“그냥 이대로 있었지. 하지만 썬 시스터가 나를 이곳에서 구해줄 수 있는 유일한 친구야.”

“어떻게요?”

“저 따뜻한 햇빛으로.”

스노우 브라더는 두 손을 하늘로 뻗더니 정지화면처럼 가만히 있었다. 그런 후 두 손을 내리며 웃음 섞인 말투로 얘기를 이어갔다.

“나를 녹여주는 거지.”

“그럼 아저씨는 녹아서 사라져버리잖아요?”

“맞　아.”

"사라지면 어떻게 되는 건데요?"

또다시 침묵이 이어졌다. 오랜 시간 숙련된 침묵 같았다. 나도 말없이 스노우 브라더의 말을 기다렸다. 왠지 그래야만 할 것 같았다. 오랜 세월을 기다린 숙련공의 숨소리를 느꼈기 때문이다. 그런데 갑자기 스노우 브라더가 빠른 속도로 말을 하기 시작했다.

"언젠가 이곳에서 나갈 수 있을 거라고 생각하며 계획을 세웠었어. 10년, 20년 후 나가서 세상 곳곳을 돌아다녀볼까? 어딜 제일 먼저 갈까? 이런저런 계획을 짰지. 아주 근사하게 말이야. 근데 알게 됐어.

나를 구해줄 수 있는 사람은 썬 시스터뿐이라는 걸. 그런데 내가 이곳에서 탈출하는 날, 나는 사라지게 돼…. 너라면 어떤 선택을 하겠니?"

나는 말없이 몸을 돌려 먼 곳을 바라보았다. 웅덩이 절벽 안쪽에 새겨진 글들이 내 눈에 들어왔다.

오늘도 눈을 만들다가 그 안에 빠져버렸다.
나를 구해주는 존재는 아무도 없다. 내 일은 내가 해야 하니까.
하지만 오늘은 운이 좋은 것 같다. 썬 시스터가 나를 보고 있었으니 말이다.
10년인가 20년을 눈 속에서 보낸 적이 있었는데….
탈출한 후에 하고 싶은 일들을 계획하다 보니 시간 가는 줄 몰랐다.

그 계획은 비밀이지만, 난 아주 근사하게 그 일을 해낼 것이다.
10년, 20년의 보상이니까.

'스노우 브라더 아저씨는 이곳에 얼마만큼 있었던 걸까?'

스노우 브라더가 쓴 글은 많은 슬픔을, 그리고 또 다른 희망을 품게 했다.

'자기 일을 끊임없이 해나간다는 게 얼마나 힘든 일일까? 그게 희망인지 아닌지도 모르는데 그 상황을 받아들인다는 건…. 그것도 계속되는 좌절을 다시 맞이한다는 건…. 또 이겨낸다는 건…. 아! 정말 너무 가혹하다. 안 되겠어. 일단 여기서 나가 스노우 브라더 아저씨를 구출할 수 있는 방법을 찾아봐야겠어.'

그때 조직표가 기억 속에 선명하게 떠올랐다.

'맞아! 스노우 브라더 아저씨 옆에 산 할아버지가 있었지. 산 할아버지를 만나봐야겠다!'

산 할아버지

산을 넘어 걷고 또 걸으며 산을 넘었다. 산 할아버지를 만나는 건 쉽지 않았다. 어디에 있는지 알 수 없었기 때문이다.

'이 큰 산들을 놔두고 어딜 가신 거지? 분명히 어딘가에 계실 텐데….'

"못 찾겠다 꾀꼬리~~~~~."

크게 외쳐봐도 되돌아오는 건 산 메아리뿐이었다.

'산 할아버지를 만나야 스노우 브라더 아저씨를 구출할 계획을 세울 텐데. 어떡하지?'

그때 든 생각은 내가 박람회장에서 많은 생각을 한다는 것이었다. 그 생각이 나를 계속 이끌었다.

'내 생각이 내가 가야 할 길로 이끈다?'

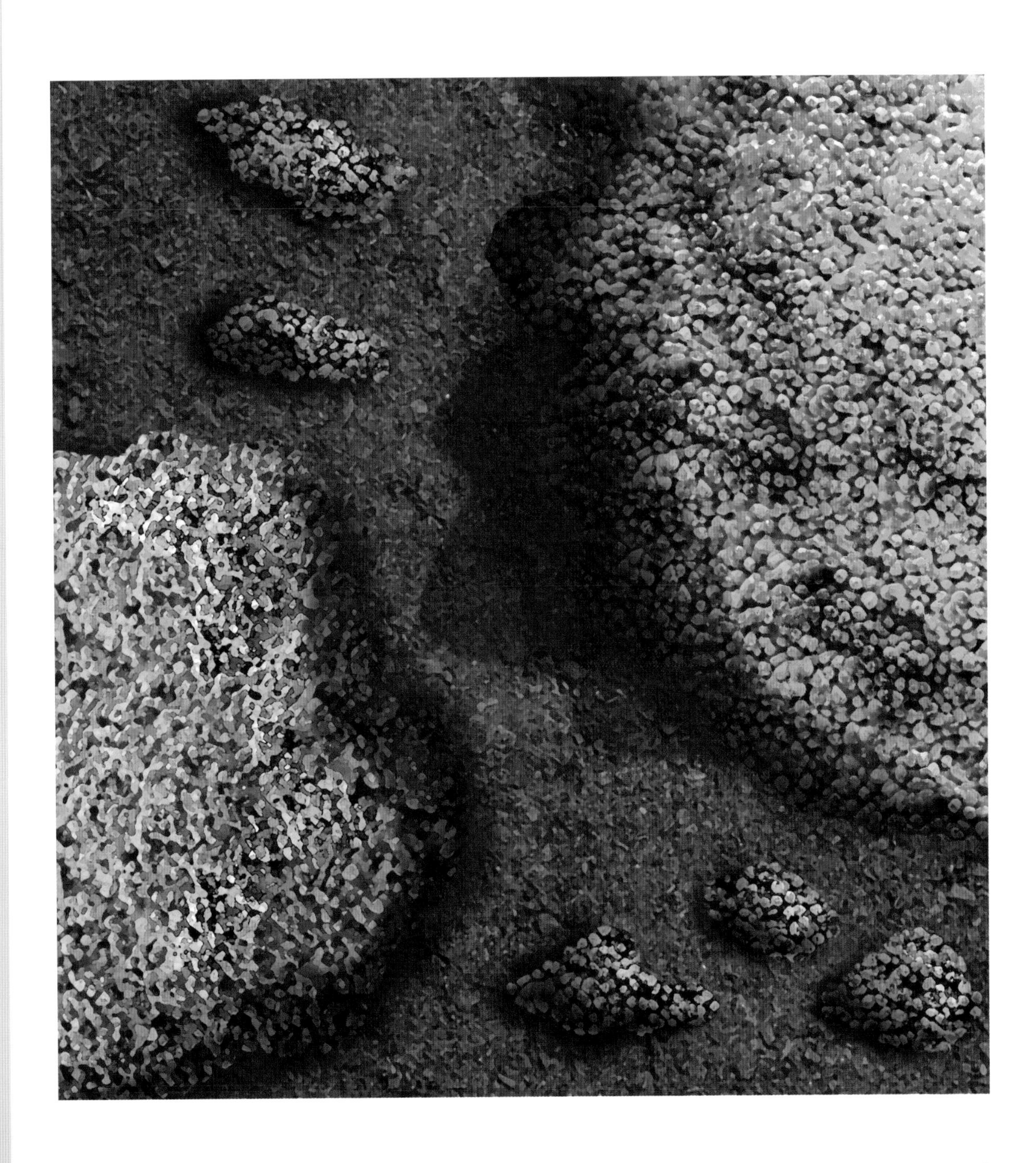

이곳에 온 후 나는 조금 달라진 것 같았다. 평소 쓰던 말과 생각이 아니었다. 박람회장이 나를 변화시키는 것 같았다.

'뭔지는 모르겠는데…. 그나저나 스노우 브라더 아저씨를 구해야 해….'

나는 또다시 오름길을 넘어 걸었다. 나무 동산 위로 비술 아저씨가 뿌리는 신선한 비가 내리고 있었다. 나는 나무 동산을 바라보며 생각했다.

'산 할아버지는 저 수많은 나무 동산을 어떻게 지켜나갈까?'

그때 나무 동산 위를 천천히 구르듯, 앞으로 두 발 뒤로 한 발 가듯 말듯, 다시 뒤로 두 발 앞으로 한 발 가듯 말듯, 앞으로 나아가는 나무그루에게 다가갔다. 너무 열중했는지 내가 다가온 줄도 모르고 앞으로 두 발, 뒤로 한 발 반복하며 계속 걷고 있었다. 앞으로 두 발 뒤로 한 발. 또 앞으로 두 발….

'이상하다? 다시 제자리인 것 같은데….'

계속 제자리를 맴도는 것 같은 그 모습이 너무 진지해 보여서, 나도 나무그루의 발걸음을 따라 하기 시작했다. 앞으로 두 발! 뒤로 한 발!

'그냥 한 발씩 내디디면 될 텐데…. 그냥 천천히 한 걸음씩 따라가 볼까?'

그러다가 나는 따라가기를 멈추었다. 나무그루를 따라가다 보면 하루가 다 지날 것 같아 나는 다시 서둘렀다. 나무그루가 하던 일을 잠시 멈추자, 나도 넉넉해 보이는 아름드리나무 아래에 앉아 숨을 골랐다. 어느덧 산에서 움직이는 커다랗고 긴 그림자가 사방을 뒤덮고 있었고, 달이 반짝반짝 빛나는 별들 사이에서 희미하게 피어나고 있었다.

어느새 하늘은 별 양치기의 손길로 가득 채워지고 있었다.

나는 나무 아래에서 눈을 떴다.

'어! 내가 잠들었었나? 도대체 내가 여기서 며칠을 보낸 거지?'

기억이 희미해지면서 내가 보았던 많은 순간들이 빠르게 지나갔다. 다시 마음을 가다듬고 신선한 새벽 공기를 느꼈다. 고개를 돌려보니 나무그루가 언덕을 올라가는 모습이 보였다.

'아직도 걷고 있네…. 밤을 새운 걸까…. 아니면 잠을 안 잔 걸까? 아이, 모르겠다. 빨리 산 할아버지를 만나야 하는데… 산 할아버지가 어디에 계시는지 나무그루 님에게 물어봐야 하는데… 말을 걸 수가 없네. 말을 걸려고 하면 앞으로 두 발, 뒤로 한 발. 또 말을 걸려고 하면 앞으로 두 발 뒤로 한 발. 공이 굴러가는 모습 같기도 하고 정지된 화면이 천천히 움직이

Junea

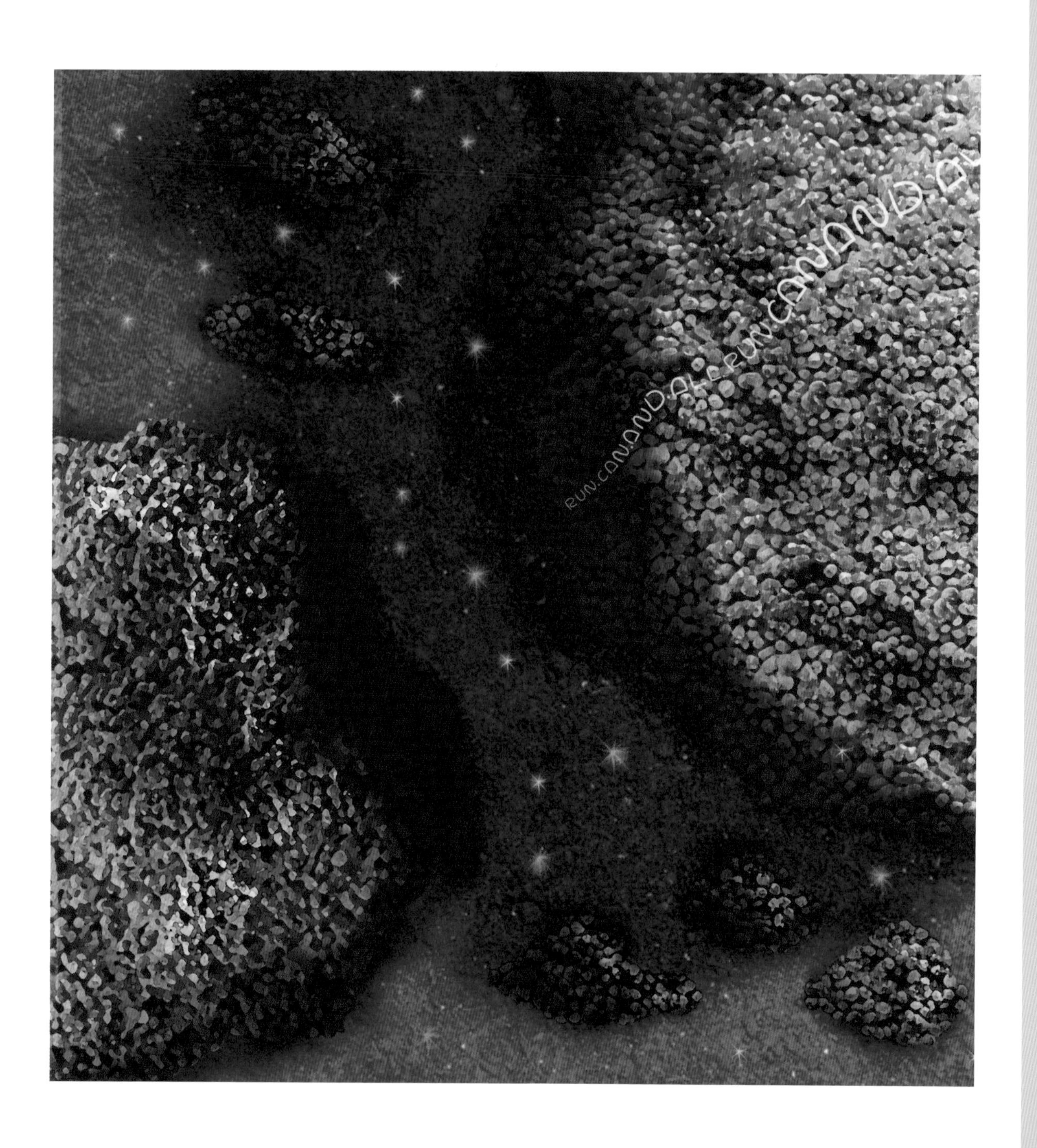

는 것 같기도 하고. 그런데 하루가 다 지나 어느덧 언덕을 넘어갔네~.'

"나무그루 님!"

용기 내서 나무그루를 소리쳐 불렀다.

'나를 못 본 걸까? 아니면 부끄러운 걸까? 아~ 산 할아버지를 만나야 하는데….'

그때 풀을 만드는 초록 풀 초니(Choni)가 바람 아주머니의 등에 매달려 가면서 내게 알려 주었다.

"언덕을 넘으면 호수가 있어. 스완 레이크 님이 마련해둔 배를 타고 다른 동산으로 가면 만날 수 있을 거야."

나는 초록 풀 초니에게 손을 흔들었다. 초니가 지나간 자리에 예쁜 새싹이 자라나고 있었다. 나는 비술 아저씨가 뿌려주는 비를 흠뻑 마시고 싶어서 하늘을 향해 입을 벌렸다. 빗방울이 내 입과 마음을 가득 채웠다.

'그런데 산 할아버지는 언제 만날 수 있을까?'

저 멀리 나무 동산 위로 움직이고 있는 커다란 그림자가 내 눈에 들어왔다. 나무와 나무를 가로질러 엄청난 속도로 사라졌다가 다시 커다랗게 나타났다가 아주 천천히 썬 시스터의 빛의 조절에 따라 크게 작게 넓게 깊게 혹은 잔잔히 그림자를 남기며 움직이고 있었다.

'어! 산 할아버지?'

혹시 산 할아버지가 내 곁을 지났을지도 모른다고 생각했다.

Junea

스완 레이크 Swan Lake

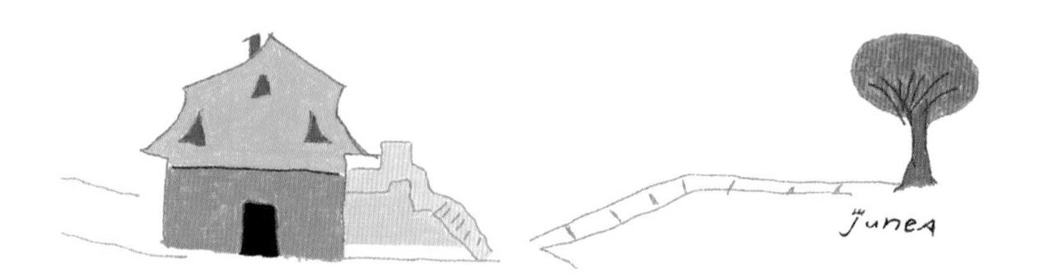

언덕을 넘으니 초록 풀 초니의 말대로 조그마한 호숫가가 눈에 들어왔다. 집들이 띄엄띄엄 보였고 선착장에는 배들이 빼곡히 정박해 있었다. 호수로 뻗은 산책로에는 커다란 세 그루의 나무가 서 있었고 그 근처에 벤치가 놓여 있었다.

'스완 레이크 님은 언제 이런 호수를 만드신 걸까?'

안개를 슬그머니 뿌려놓고 달아난 런던 포그(London Fog)는 세상을 뿌옇게 만드는 재주가 있다. 이 조그마한 호수는 런던 포그의 마술로 뿌옇게 변해 있었다. 얼른 달려가 스완 레이크를 만나보고 싶었다. 배 한 척이 물결 위에서 찰랑거리고 있었다. 나는 얼른 그 배에 올라타 노를 젓기 시작했다.

"스완 레이크 님! 스완 레이크 님!"

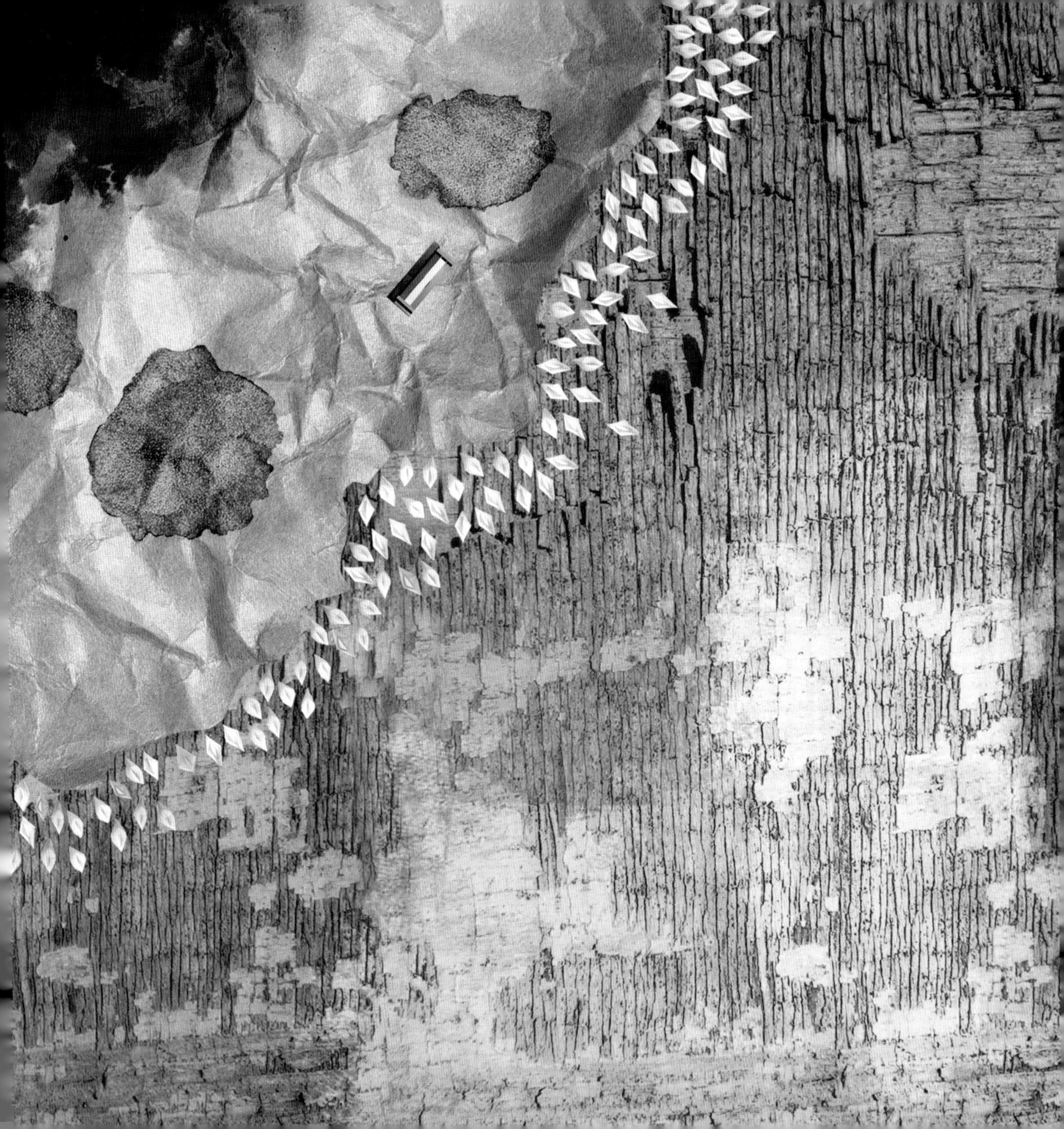

아무런 대답이 들려오지 않았다. 노를 젓다 보니 어느덧 호수 한가운데를 지나고 있었다. 저 멀리 보이는 나무그루는 아직도 앞으로 두 발, 뒤로 한 발 가고 있었다.

'또 어디로 가는 걸까? 나는 또 어디로 가는 걸까?'

자세히 보니 그 산등성이에는 나무그루의 발자취가 도형으로 펼쳐져 있었다. 나는 손가락으로 도형처럼 새겨진 발자취를 따라 그려보았다. 나무그루의 소중한 발걸음이 내 손가락 위에서 움직이는 듯했다.

그때 뿌연 연기를 걷어내듯 조용히 물살을 가르는 백조 세 마리가 보였다. 맨 앞에 있는 백조가 스완 레이크가 아닐까 하는 생각이 들었다. 신기하게 내가 노를 젓지 않았는데도 배가 그 백조들을 따라가기 시작했다.

'와~ 정말 멋진 풍경이야. 저 멀리 산 할아버지의 그림자가 보이고, 나무그루 님은 계속 걷고 있고, 초록 풀 초니가 뿌려 놓은 새싹들이 하늘을 향해 입을 벌리고 있어. 나는 물살을 가르며 유유히 이곳을 지나는구나.'

나는 지금 어디로 가는지, 내가 누구인지, 왜 여기까지 오게 됐는지 모든 것들을 다 잊은 채 꿈속으로 잠기는 호수 위를 떠다니고 있었다.

몬트리올 까치

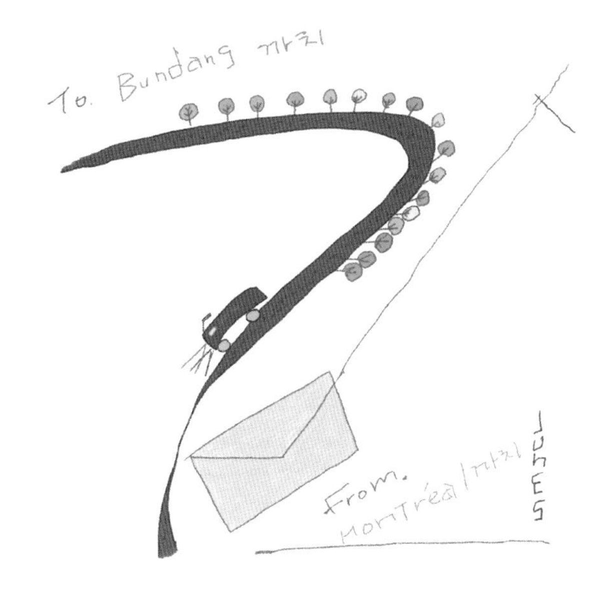

누구에게나 기억은 망각되고 누구에게나 기억은 조작된다.
나의 기억은 어디까지가 온전한 것이고 어디까지가 만들어진 것일까?

내가 떠 있는 이곳은 구름일까, 호수일까, 바다일까? 감은 두 눈 위로 썬 시스터의 맑은 햇살이 쏟아지고, 초롱초롱 빛나는 물결 위로 아름다운 소리가 내 귀와 눈, 머리를 맑게 씻어주고 있었다. 저 멀리 안개를 헤치고 까치 한 마리가 다리 위에서 호수를 바라보고 있는 게 보였다.

"까치야, 안녕! 넌 어디서 왔니?"

"나는 몬트리올에서 왔어."

“너 혹시 분당 까치 아니?”

지난번에는 바람 아주머니 등을 타고 왔던 샌프란시스코 까치도 만날 수 있었는데…. 몬트리올 까치는 내게 부탁했다. 분당 까치에게 꼭 한번 놀러 오라고, 바람 아주머니 편에 그쪽 소식을 전해달라고 말이다.

나는 ‘분당’이라는 동네에 살고 있다. 그곳에서는 많은 까치들이 나무 동산 위에 집을 짓고 산다. 어느 날 까치와 까마귀가 소리 대결을 하고 있었는데, 분당 까치가 매우 청아한 목소리로 화해를 청하는 모습을 보고 내가 말을 건넸다.

“안녕! 분당 까치야!”

그 후로 분당 까치는 우리 집에 종종 놀러와 다른 친구들의 소식을 전해주곤 했다.

‘그러고 보니 바람 아주머니는 참 많은 일을 하시네. 언제 여기서 거기까지… 와~ 대단하다. 아! 나도 그동안 잊고 있던 친구들에게 안부를 전하면 좋겠는데…. 10년, 20년, 30년, 와~ 도대체 얼마나 시간이 지난 걸까? 친구들은 잘 있겠지?’

그때 바람 아주머니가 휘익 지나가며 내게 말을 건넸다. 바람이 지나갈 때마다 한 자 한 자 내 귀에 들렸다.

“세 — ”

“상 — ”

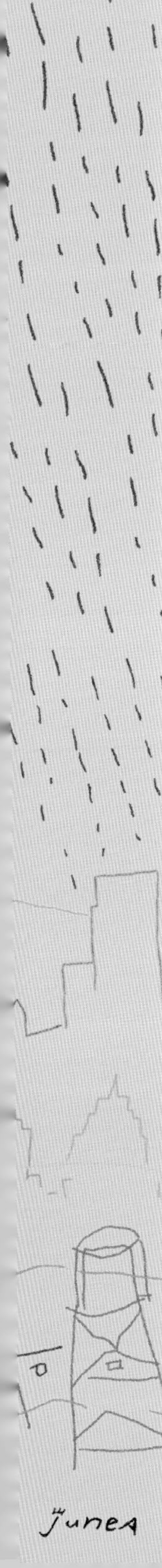

"에—"

"서—"

"제—"

"일—"

"긴—"

"기—"

"차—"

"를—"

"보—"

"여—"

"줄—"

"게—."

한 자씩 들렸기 때문에 무슨 말인지 몰랐는데, 이어보니 무슨 뜻인지 알 수 있었다.

"세상에서 제일 긴 기차를 보여줄게."

스완 레이크와 작별한 후 나는 까치를 따라 기차역으로 향했다.

"세상에서 제일 긴 기차? 얼마나 긴 기차일까? 제일 긴 기차는 몇 칸일까? 와~ 세어봐야지! 셀 수 있겠지?"

어디서부터 세야 할지 몰라서 기차에 별 마크가 있는 곳을 확인하고 그 칸부터 세기 시작

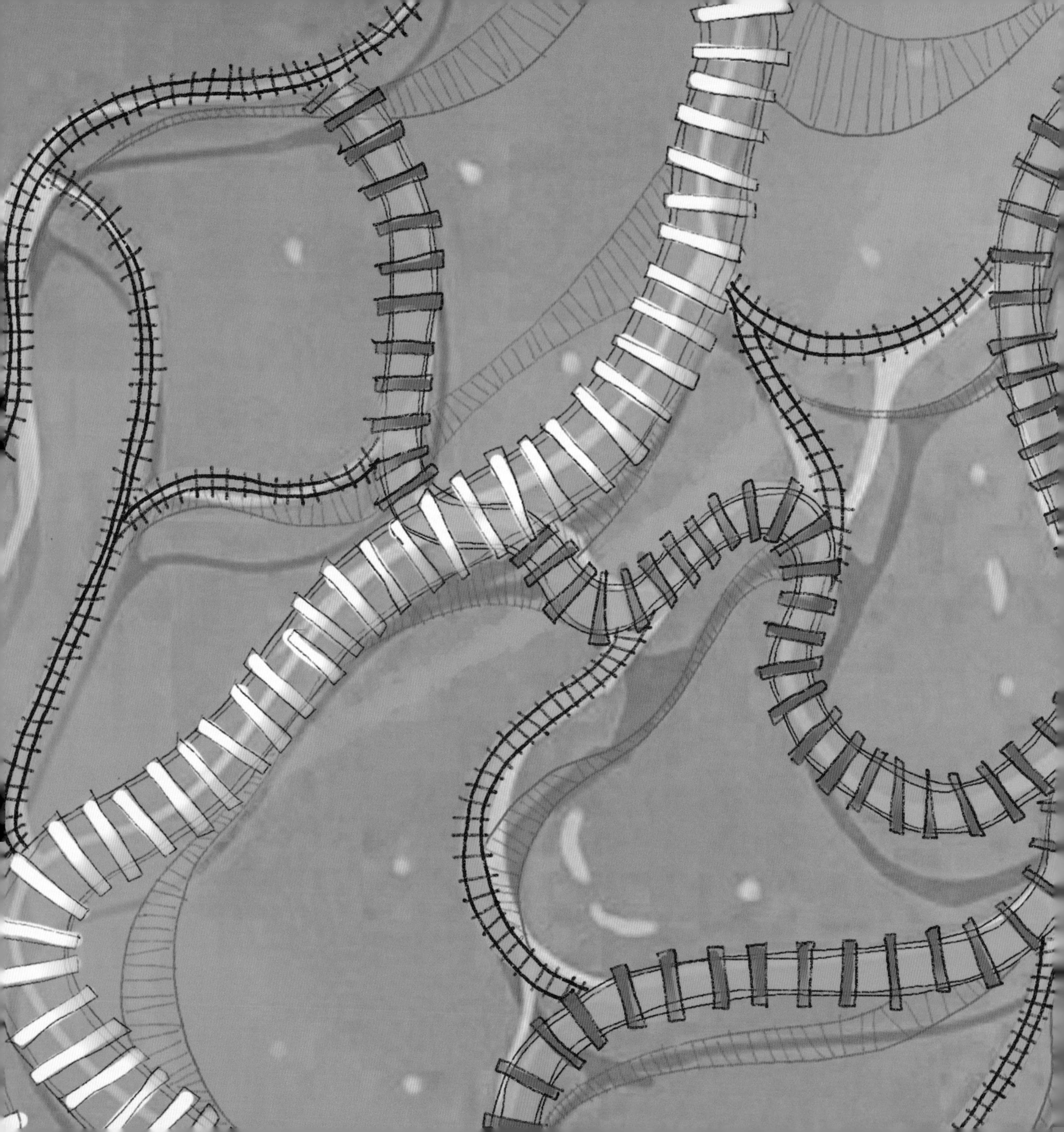

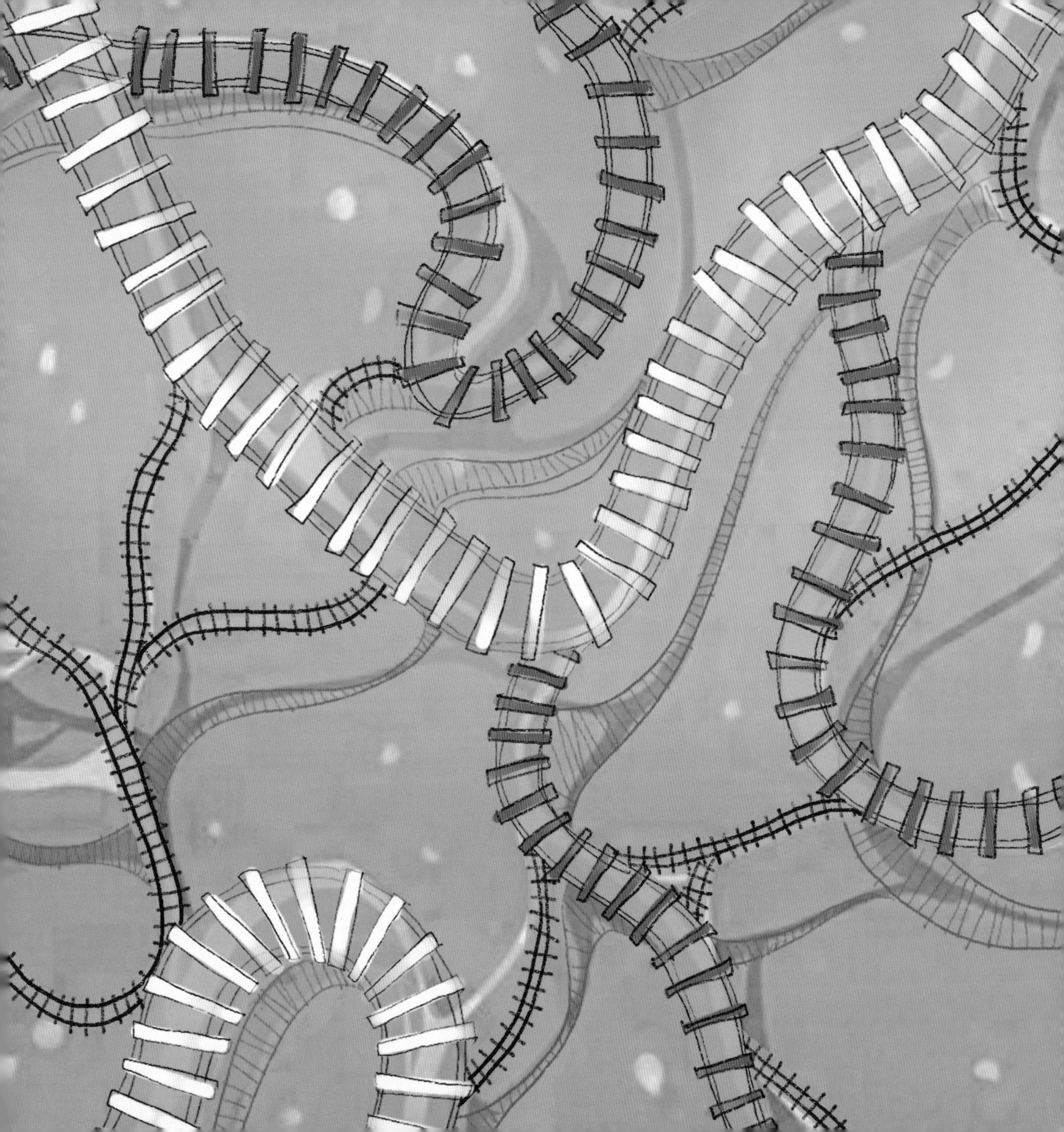

했다.

“하나, 둘, 셋…. 와, 재밌다. 백둘, 백셋, 백넷…. 이백칠십팔, 이백칠십구, 이백팔십…. 오백육십일, 오백육십이, 오백육십삼…. 칠백오십삼, 칠백오십사….”

목소리에 점점 힘이 빠지기 시작했다. 얼마나 시간이 지났는지 배가 너무 고팠다.

‘나는 왜 이러고 있는 거지? 배고프다…. 배고파….’

그때 바람 아주머니와 함께 온 몬트리올 까치가, 내가 숫자를 오백 개씩 셀 때마다 바나나를 하나씩 따서 주었다.

“고마워, 까치야. 천삼백오십일, 천삼백오십이….”

간신히 배를 채우고 바나나 한 번 먹고 숫자를 세고, 바나나 두 번 먹고 숫자를 또 세고, 그렇게 사흘 정도가 지났다고 생각됐을 즈음 나는 잠들어버렸다. 깨어 보니 내 앞에 로드 아저씨가 서 있었다.

“너로구나. 사흘 동안 기차의 개수를 셌다는 친구가.”

“제가 며칠 동안 잠들어 있었나요?”

“꼬박 나흘을 잤지.”

“사흘 동안 숫자를 세고 나흘씩이나 잠든 거예요?”

“나도 놀랐단다.”

“죄송합니다.”

“죄송할 일은 아니지. 네가 센 개수는 기억하니?”

“분명히 별 모양이 있는 기차 칸부터 세기 시작했는데…. 오백 개 셀 때마다 바나나를 먹었거든요. 그러니까 한 오천까지 셌을까요?”

매일매일 도로를 정비하는 로드 아저씨는 기찻길까지 정리해야 하는 임무를 맡았다고 한다. 왜 그 임무를 해야 하는지 본인도 모르지만, 꽤 오래전부터 그 일을 해왔다고 했다.

나는 이제 기차 칸을 세는 건 별 의미가 없다는 걸 알았다. 갑자기 ‘의미’라는 말뜻에 대해 알아보고 싶었다.

“핸드폰에서 사전을 찾아봐야 하는데, 이곳에서는 인터넷이 될까?”

주머니를 뒤져봐도 핸드폰이 없었다.

“참, 잊고 있었네. 일상적인 시간들을…. 이곳은 어떤 곳일까? 내 기억은 어디까지가 진짜일까?”

의미가 이곳에서는 중요하지 않다. 의미에 집착하면 내가 찾고자 하는 진짜 의미를 잃어버리기 때문이다. 너무 중요하다고 생각하는 게 어쩌면 중요하지 않을 수 있다.

그 순간 바람 아주머니가 내게 휘익 다가왔다.

“어! 바람 아주머니. 또 어디로 가세요?”

“나는 지금 모래 구름을 전달해야 한단다. 그래서 멀리 사막으로 가야 해. 그럼 나중에 또 만나자.”

“네, 아주머니! 참! 세상에서 제일 긴 기차를 봤어요!”

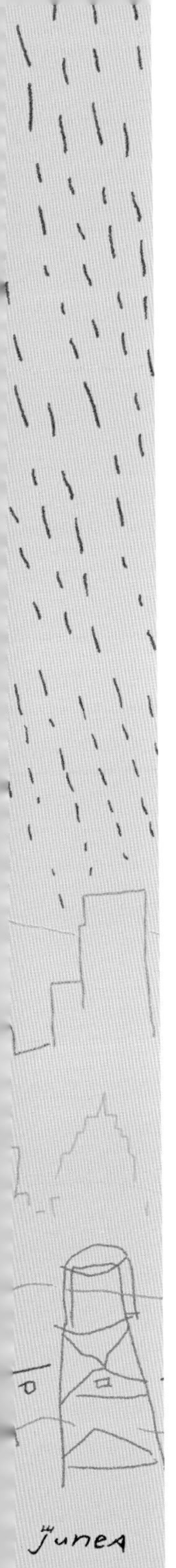

아주머니에게 큰 소리로 말했다. 바람이 내게 훅 불어오는 걸 느꼈다. 바람 아주머니가 멈춰서 내게 손을 내밀었다.

"이게 뭐예요?"

"받아. 네게 아주 필요할 거야."

"뭔데요?"

이상한 모자처럼 생긴 물건이었다.

"망토야. 네가 바람을 타고 어디든지 갈 수 있는 물건이란다."

아주머니는 환하게 웃어주었다. 아주머니의 웃음소리에 나는 뒤로 날아갈 뻔했다.

"너는 박람회장에서 많은 편지를 받게 될 거야."

"편지요?"

바람 아주머니가 고개를 끄덕이자 거친 바람이 내게 훽 불어왔다.

"그 편지들은 어디서 찾을 수 있어요?"

소용돌이 바람이 두세 바퀴 빙빙 돌자 바람 아주머니는 이미 떠나고 없었다.

"다 — "

"음 — "

"에 — "

"또 — "

"만 — "

"나 — "

"자 — "

"! — "

나는 망토를 쳐다보며 사라지는 안개를 바라보았다. 바람 아주머니가 떠난 후 런던 포그의 마술이 사라지고 세인트 로렌스(Saint Rolense) 강줄기를 따라 기차가 달리기 시작했다.

나는 얼른 그 기차에 몸을 실었다.

로드 아저씨 Road A-Jeossi

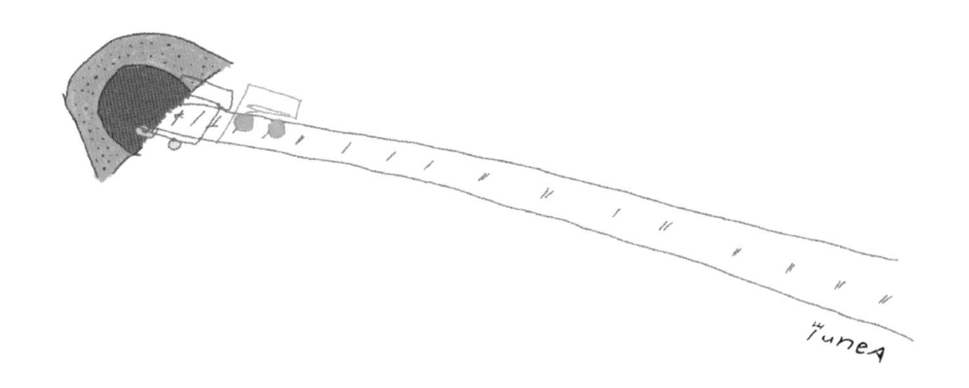

기차 칸 위에서 바라본 풍경은 너무 아름다웠다. 많은 차들이 지나는 곳을 지나고, 많은 산들이 지나는 곳을 지나 도시의 한곳에 도착했을 때쯤 가로등이 하나둘씩 반짝거리는 새벽에 분주히 허리를 숙이며 일하는 로드 아저씨를 만날 수 있었다. 로드 아저씨는 모두가 자고 있는 새벽에 도로와 기찻길을 정비한다고 했다. 기차는 이미 떠난 후였고 아무도 없는 곳에 로드 아저씨 혼자 그곳을 지키고 있었다.

"안녕하세요."

"안녕."

"힘드시죠?"

"아니."

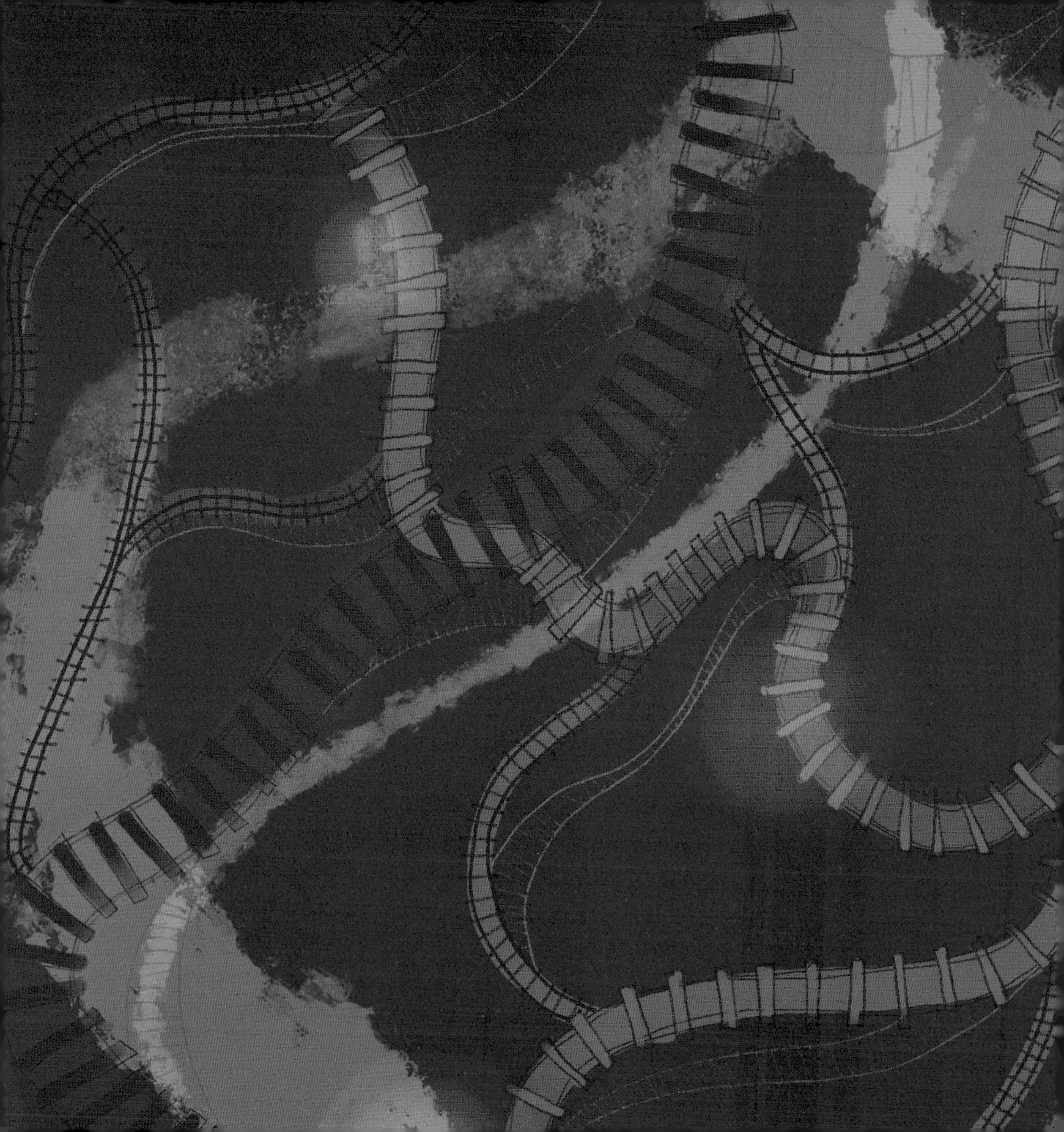

"아~ 제가 왜 로드 아저씨를 만나고 싶어 했을까요?"

"만나고 싶었던 게 아니라 기차를 세어보려던 것 아니니?"

"맞아요. 제가 뭘 해야 하는지, 왜 여기에 왔는지를 잊어버렸거든요. 아… 힘들어…."

"힘들어?"

"네, 힘들어요. 아! 죄송합니다. 힘들다기보다… 어떤 말로 표현해야 할지 몰라서 그냥 힘들다고…."

침묵이 오고 갔다. 그 사이에 새벽 가로등 불이 온 도시로 퍼져나가고 있었다. 허리를 숙이며 바쁘게 일하는 로드 아저씨는 허리를 한 번 펴고 가로등을 쳐다보았다가 또 켜지는 가로등 불빛을 보고 다시 허리를 숙여 일했다.

'와, 진짜 바쁘게 움직이시네. 나는 그런 줄도 모르고 너무 편하게 거리를 걷고 있었네.'

"아저씨!"

힘들게 허리를 일으켜 세우며 아저씨가 나를 쳐다보았다.

"어떤 때가 제일 힘드세요?"

"모르겠네~."

"비술 아저씨랑 스노우 브라더 아저씨와는 자주 통화하시죠?"

나도 모르게 나온 얘기였지만, 왠지 두 사람에게서 느껴지는 고독의 정서가 내게 깊게 다가왔다. 로드 아저씨는 눈을 멀뚱멀뚱, 깜빡깜빡거리며 갸웃거리고 있을 때 스노우 브라더의 얘기가 나오자 잠시 먼 하늘을 쳐다보았다. 그 표정에 오랜 벗을 만나지 못한 그리움이 묻

쥬네스는 왜 로드 아저씨를 만나고 싶어 했을까요?

내가 생각한 대로 마음먹은 대로 날 데려가주면 얼마나 좋을까요?

그건 나의 의지가 있어야겠죠? 삶은 내 의지의 지도일지 몰라요.

쥬네스는 그 지도를 만들고 있을지도 모릅니다. 당신의 지도를 그려보세요.

어났다.

'아~, 박람회장에 계신 분들은 다 배우 같구나. 나는 아직 멀었네! 어쩌면 그 진심을 나도 자연스럽게 배우는 건 아닐까?'

그때 아저씨가 짧게 답했다.

"그럼!"

"제가 진짜 궁금해서 여쭤보는 건데… 기차가 몇 칸인지 세어본 적 있으세요?"

"그럼!"

"와! 정말이요? 몇 칸인데요?"

"몇 칸이더라…."

"네? 그게 무슨 말이에요?"

"내일 다시 세어봐야겠네."

"세는 데 얼마나 걸렸는데요?"

"두 달이었나, 세 달이었나…."

"그런데 기억을 못 하시는 거예요?"

아저씨를 만나러 몬트리올까지 왔는데 눈물이 핑 돌았다. 서운함은 아니었다. 내가 그토록 갈망하는 것도 다 짧은 순간의 미련이 아닐까? 미련을 버리지 못하는 미련한 나에 대한.

얼마 전 너무나 아끼는 일기장을 잃어버려 눈물이 났던 일이 갑자기 생각나 슬픔이 두 배

로 불어났다. 내가 평생을 살아도 두 달 반 이상을 잠 안 자고 기차를 셀 수는 없기 때문에 앞날이 더 캄캄해졌다.

로드 아저씨는 짧게 기침을 두 번 하고는 내 눈물을 닦아주며 말했다.

"나도 들은 얘긴데 말이다.

유명한 작가의 서재에 만 권도 넘는 책이 있었단다. 어느 날 책들을 정리하다가 한 권의 책을 보게 되었지. 너무 재미있어서 시간 가는 줄 모르고 책을 다 본 후 서재를 지키는 더 북 씨에게 이 책의 저자를 만나보고 싶다고 했다는구나.

더 북 씨는 잠시 후 돌아오더니 얼굴이 붉어져서 한마디 말을 남기고 자리를 피했다더군."

나는 로드 아저씨의 말을 듣고 말똥말똥한 눈빛으로 물었다.

"뭐라고 했는데요?"

로드 아저씨는 더 북 씨의 흉내를 내는 듯 붉어진 얼굴로 내게 다가와 말했다.

"이 책은 선생님이 쓰신 책입니다."

그리고 다시 허리를 굽혀 분주히 기찻길을 정리했다.

'왜 다들 잊어버리는 걸까? 일기장도 기억도….'

언제부턴가 나는 내 흔적을 남기는 일을 하고 있음을 깨달았다. 누구나 자신의 흔적을 남기고 살아간다. 그 흔적 속에서 나는 어떤 눈금의 무게에 기대어 그림을 그리는 걸까?

그때 저녁을 알리는 더 나이트(The Night)의 색칠로 배가 허기져 오는 걸 느꼈다. 상추를 한 움큼 베어 물고 남긴 끄트머리를 식탁 위에 올려놓았다. 식탁 위에 상추 끄트머리가 한가득 놓여 있었다. 그 잎들을 보며 나는 또 다른 흔적들을 찾아보았다. 기억의 풍경을 저장해주는 포토(Photo)와 그 기억을 깨워주는 뮤직(Music)이 날 찾아왔다. 한참을 신나게 놀던 우리는 사라진 추억 때문에 우울해하다가 이내 서로를 위로했다. 우리의 기분을 아는 걸까! 비술 아저씨가 나를 찾아왔다.

"아저씨! 아저씨는 뭘 남기세요?"

슬프게 묻는 내 말에 아저씨는 담담하게 말했다.

"난 빗방울을 남기고 기쁨도 상처도 남길 수 있지."

비술 아저씨가 근사하게 느껴졌다. 더 많은 걸 남길 수 있을 거란 걸 알고 있기에 아저씨의 겸손과 능력에 또 한 번 감동했다. 바쁘게 사라지는 뒷모습을 향해 큰 소리로 외쳤다.

"아저씨, 어디로 가세요?"

"여기 반대편으로…."

비술 아저씨의 외침을 듣자 나도 모르게 벅차올랐다. 포토는 내 지난날을 보여주었고 뮤직은 그 지점의 음악을 들려주었다. 차창 밖으로 비가 미끄러져 간다. 세월은 흔적을

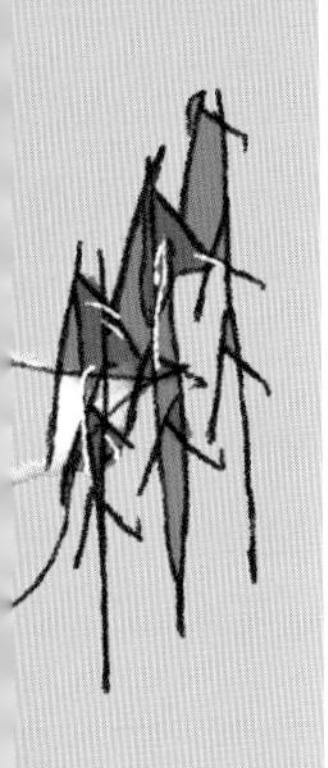

남기며 사라진다. 시간이 지나면서 많아지는 흔적을 두려워하지 말아야겠다. 그 흔적은 내게 상처를 주지만 기쁨도 주기 때문에…. 내 기분을 알았던 걸까! 비술 아저씨는 그날 밤 내게 많은 흔적을 남겼다.

자연과 하나가 된 그 어떠한 것도 새로운 자연이 될 수 있다.

재미있는 하루를 재미없게 보낼 수도, 재미없는 하루를 재미있게 보낼 수도 있다.

이건 모두 나의 숙제이다.

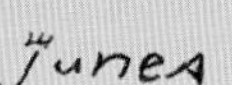

도로국과 라이트국의 신경전

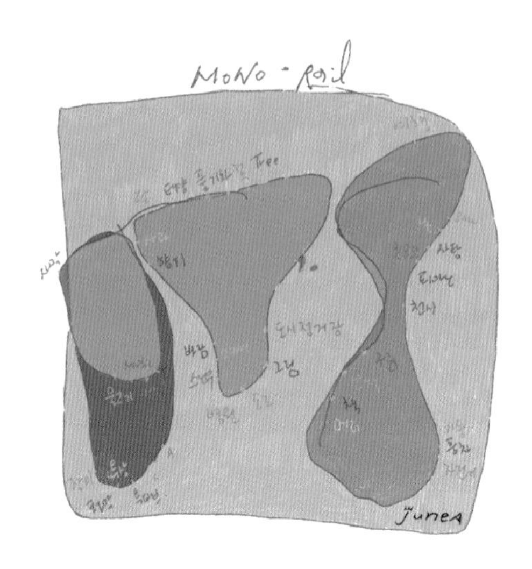

"지금 빨리 메인 스트리트로 박람회장인들은 모이기 바랍니다."

적색 불이 녹색 불과 함께 켜지면서 소리가 들렸다.

엉겁결에 로드 아저씨와 메인 스트리트로 가는 차를 얻어 탔다. 메인 스트리트에 도착하니 아스팔트를 수리하는 신호등 전문가 신호창(Window)과 가로등을 지키는 가로등 아저씨가 기 싸움을 하고 있고, 도로국과 라이트(Light)국도 신경전을 하고 있었다.

세상을 살다보면 누구나 다투기 나름이다. 오늘도 어디서부터 누구의 잘못으로 벌어진 것인지 몰라도 메인 스트리트의 분위기는 어수선했다. 가로등 아저씨와 신호창이 가로등 불빛과 신호등 불빛의 밝기 차이로 다툼을 벌이고 있었다. 요사이 박람회장은 노랑 경보 발동으

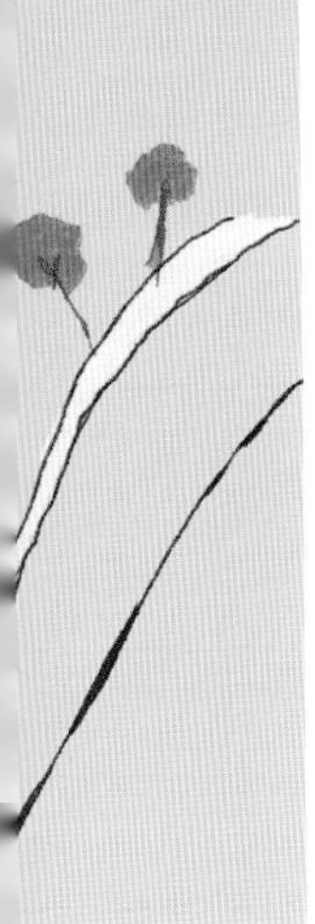

로 모두들 긴장해 신경이 곤두서 있었다. 노랑 경보는 봄의 시간이 점점 줄면서 박람회장의 모든 색 중에 노란색이 줄어들고 보급도 점점 작아져서 생긴 경보이다. 박람회장인들은 전체적인 색의 배합에 항상 고민을 하고 있다고 했다.

박람회장은 색에 대해 아주 민감해지고 있는 분위기이다.

모두 저마다의 색이 있을 텐데 그 색이 사라진다면 어떻게 되는 걸까?

노랑 경보 때문에 갈등이 생긴다는 걸 안 후부터 나도 남의 일처럼 바라보지 않게 되었다. 어떻게 서로를 이해하고 양보해야 하는 걸까?

불빛 밝기의 차이는 그냥 넘길 사안일 수 있지만, 빛에 대한 각자의 이해가 달라 도로국과 라이트국의 신경전은 오래전부터 있었다. 그래도 오늘은 조용히 지켜봐야겠다고 생각했다. 그런데 생각보다 신경전은 오래 이어졌다. 몇 시간이 훌쩍 지났다는 걸 알았을 때 나는 조용히 다가가 말을 건넸다.

"무슨 안 좋은 일이 있으세요? 무슨 문제가 있나요?"

침묵의 천사가 이 공간을 맴돌다 사라진다. 가로등이 깜빡깜빡 밝아졌다가 어두워졌다가, 신호등이 켜졌다 꺼졌다 반복하는 사이에 시간이 훌쩍 흘렀다. 박람회장의 모든 일들은 쉽게 되는 게 아니었다. 내가 사는 세상은 이렇게 많은 정성으로 만들어지고 많은 인내가 필요하다는 걸 알게 되었다.

그로부터 네 시간 후 신호등과 가로등 빛이 동시에 멈추었다. 모여 있던 직원들은 헛기침을 하며 각자의 자리로 돌아갔다.

나는 아무도 없는 곳에서 신호등과 가로등을 바라보았다. 끊임없이 누르고 바라보고 또 누

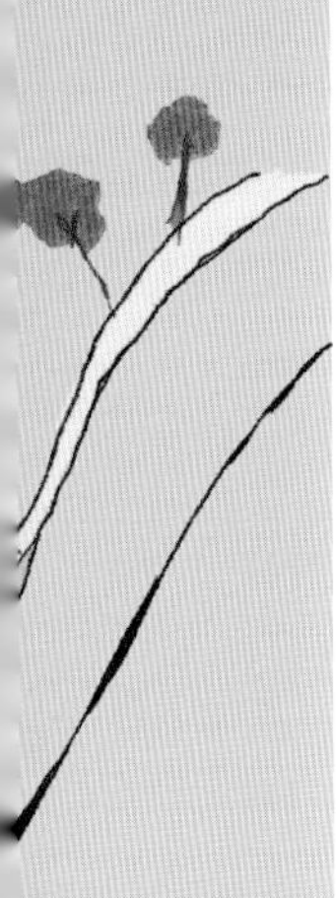

르고 바라보며 버튼을 눌렀던 자리에 홈이 움푹 파여 있었다. 치열했으며 서로가 잘 참아냈다는 증거였다. 나는 멍하니 그 자리에서 신호등과 가로등을 바라보았다. 그곳에 있었던 일곱 시간 동안 내가 본 건 신호등과 가로등이 끊임없이 교차되는 빛의 순환이었다.

그들은 서로 노력을 했던 것 같다. 그 치열한 노력으로 다시 고요가 생겨났다. 내가 지켜본 이 시간이 아깝지 않았다.

그때 도로국에서 다시 경보가 울려왔다.

"흰색 경보, 흰색 경보가 발생했습니다. 각 기지국 담당자들은 닥터 스카이 회의장으로 모여주십시오. 흰색 라이트가 계속 없어지고 있습니다. 흰색 경보, 흰색 경보…!"

아~, 우리가 사는 이곳은 너무 치열하구나.

카우와 걸

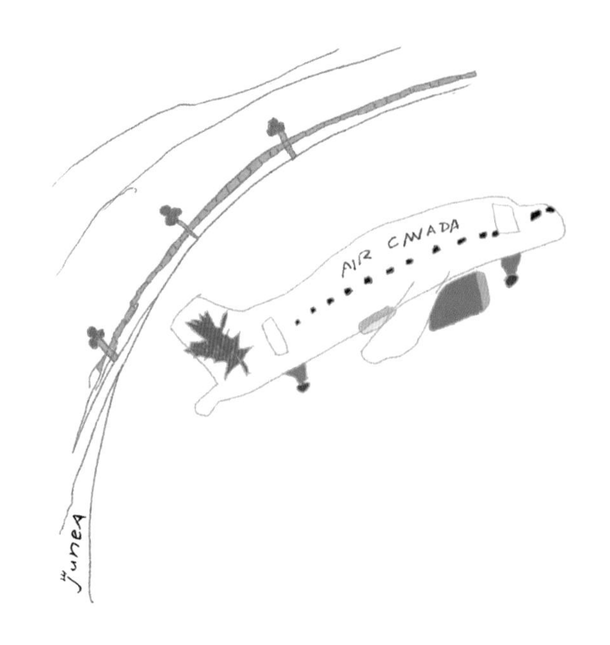

'한가한 시간을 보낼 수 있는 여유는 어떻게 얻어지는 걸까?'

치열함 속의 막막함을 뒤로하고 폭포로 가는 기차를 찾아갔다. 초록 풀 초니가 알려준 곳에 폭포행 기차 표지판이 걸려 있었다.

'어떤 폭포로 가는 걸까?'

재미있을 것 같기도 하고, 그곳에서 만나게 될 친구들도 궁금해졌다.

'그래, 여행은 새로움에 대한 기대와 여유로 출발하는 거야.'

이렇게 마음먹고 기차에 올라탔다. 기차 안에는 많은 사람들과 동물들이 각양각색의 모습으로 얘기를 나누고 있었다. 그 모습을 보고 있는 것만으로도 즐거웠다.

'와, 저분은 사람 얼굴인데 몸은 S자로 휘어져 있고 다리는 짧네. 어! 이분은 배가 산만 한

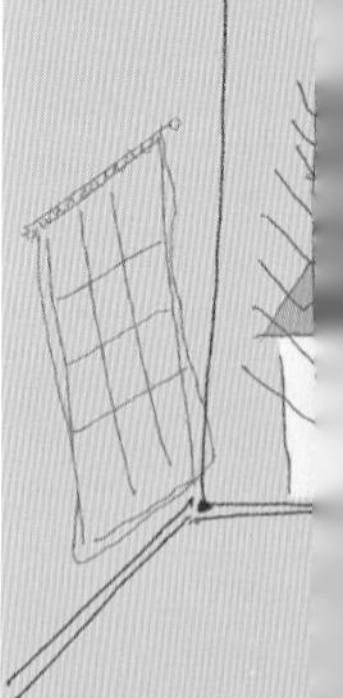

데 거북이 등딱지 같은 모자를 쓰고 커다란 짐을 지고 있네. 와! 저건 기린인가? 기차 칸 천장까지 다리가 뻗어 있네. 얼굴은 기차 밖으로 나와 있고. 와~!'

신기해하며 두리번거리고 있을 때 한 아저씨가 가방에서 아이스크림을 하나씩 꺼내 사람들과 동물들에게 나눠주고 있었다. 그 아저씨 얼굴에 수염이 무성하게 나 있어서 눈은 볼 수 없었다.

내 눈에는 박람회장인들이 사람으로 보였다. 다들 약간씩 사람의 얼굴과 몸을 하고 있기 때문이다. 그들은 서로 박람회장인들을 어떻게 이해하고 있을까, 하는 궁금증이 일었다.

"자, 맛있는 아이스크림이 있습니다. 많이들 드십쇼!"

"저도 하나 주실래요?"

아저씨에게 아이스크림 하나를 받아 들고 한 입 베어 물었다. 입안에 상큼한 맛이 퍼져 정말 맛있었다.

"어디까지 가세요?"

옆에 앉은 두더지 가족이 내게 말을 걸었다.

"폭포에 가려고요. 그런데 이 기차는 어떤 폭포로 가는 건지 아세요?"

"두 마리의 말이 살고 있는 아주 예쁜 폭포로 가고 있어요."

"두 마리 말이요? 어떤 말들인데요?"

"카우와 걸이란 친구에요."

"아, 카우와 걸. 흥미롭네요."

기차에 있는 사람들이 카우와 걸에 대해 얘기를 나누기 시작했다.

"그 폭포에 가면 미끄럼을 탈 수 있어요."

"네?"

"나는 저번에 타봤는데."

"어? 너도 타봤니?"

경험담을 서로 얘기하는 소리가 기차 안에 가득했다.

'여기 사람들은 참 신기하구나. 아니지, 동물들. 아니지, 식물들. 아니지, 자연들. 아~, 아무튼 박람회장은 정말 재밌는 곳이야~~!'

입가에 미소를 띠고 차창 밖으로 하늘을 쳐다보고 있는데, 누군가 내게 소리쳤다.

"폭포 역에 도착했어요. 빨리 내리세요."

"아, 여기예요?"

"네."

"그런데 아무도 안 내리시네요."

"우리는 이곳 말고 다른 곳으로 갈 거예요."

"이 기차의 목적지가 폭포 아닌가요?"

"다른 폭포로 가요."

"우와! 알겠습니다. 저는 그럼 카우와 걸을 만나러 가볼게요."

나는 기차 밖으로 훌쩍 뛰어내렸다. 머리만 천장 밖으로 내민 기린 아저씨가 함박웃음을 지어주었고 기차 뒤에 매달린 나비 떼들이 잘 가라고 손짓을 해주었다.

"와~ 안녕!"

나도 힘껏 손을 흔들었다.

'알면 알수록 박람회장은 정말 신기한 곳이야. 그래. 가보자! 말 두 마리가 사는 폭포로!'

한참을 걷고 있는데 아주 굵은 물줄기 소리가 시원하게 들렸다.

'와! 여긴가 보다.'

한 발 한 발 내디디는 걸음이 점점 가벼워졌다. 그런데 가까이 가보니 폭포가 얼어 있었다. 너무 당황스러웠다.

'어? 폭포가 얼어 있다니. 도대체 어떻게 된 거지? 아까 기차에서 더워서 아이스크림을 먹었는데, 폭포가 얼어 있는 게 말이 돼? 아니지, 말이 된다고 믿어야 해. 아, 쥬네스! 정신 차려!'

"안녕!"

그때 카우와 걸이 다가와 말을 걸었다.

"안녕! 반가워. 여기는 어디지?"

"여기는 몽블렌 폭포예요."

"아… 몽블렌 폭포."

"우리는 미끄럼을 타고 있었어요."

말이 떨어지기가 무섭게 카우가 머리카락을 휘날리며 빠른 속도로 폭포 밑으로 미끄럼을

QUEBEC

탔다. 걸도 뒤따라 함께 탔다.

'와! 재밌겠는걸.'

약간 겁이 나서 갈까 말까 망설이다가 그만 발을 헛디디고 말았다.

"아악~~~! 으아악~~~! 사람 살려~~~!"

공포에 질렸는데 커다란 방석을 타고 날아가는 것처럼 미끄럼을 매끄럽게 타며 폭포 아래로 내려갔다. 전혀 춥지 않았고 마치 하늘을 날고 있는 듯한 기분이었다.

'하늘을 한 번도 날아본 적이 없는데, 어떻게 하늘을 나는 느낌이 들지? 이런 게 하늘을 나는 기분인가 봐!'

하는 순간, 나는 이미 땅에 도착해 있었다.

카우와 걸은 언제 그랬냐는 듯 오를레앙 섬 쪽으로 한 걸음씩 옮기기 시작했다.

"우리는 오를레앙 섬 쪽으로 갈 거예요. 거기에 예쁜 성당이 있거든요."

"그 성당 이름이 뭐야?"

"성 프란체스코 성당요."

"그래, 그곳에서 잘 놀아~ 안녕."

카우와 걸을 만나서 참 즐거웠다고 생각하는데 또 한 번 폭포를 타고 싶은 마음이 들었다.

"저기, 카우~, 걸~!"

카우와 걸이 뒤돌아보았다.

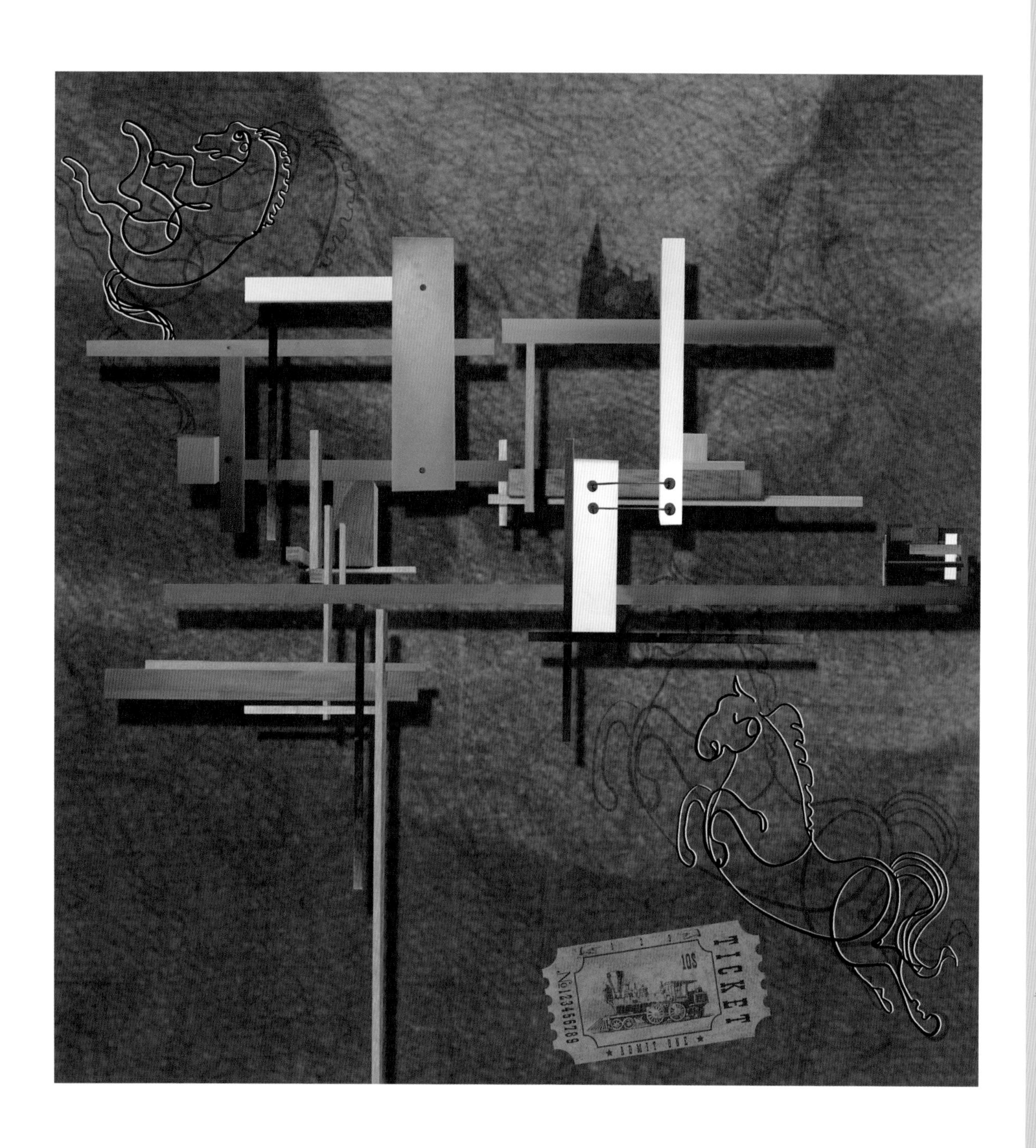
TICKET
10S
№123456789
ADMIT ONE

"이거보다 더 큰 폭포는 없을까?"

"아, 우리는 내일 나이아가라 폭포로 갈 거예요."

"나이아가라 폭포? 그렇게 큰 폭포가 얼어 있을까?"

"네, 얼어 있어요."

그 말을 어디까지 믿어야 할지 몰랐지만, 나이아가라 폭포에서 미끄럼을 타면 너무 재밌겠다는 생각이 들었다.

"거기서 미끄럼을 타봤니?"

"그럼요."

"우와~ 어땠어?"

"어마어마했죠."

걸이 대답했다.

"어마어마한 정도가 아니라 어마어마어마 어마어마했어요."

카우가 덧붙였다.

"아니, 어느 정도이길래 어마어마어마 어마어마한 거야?"

"나중에 직접 경험해보세요."

"거긴 어떻게 가는 건데? 오를레앙에 있는 성당은 어떤 곳이야?"

"성당에 가면 당신이 생각하지 못한 공간과 아주 멋진 걸 보게 될 거예요."

"정말? 뭐가 있는데?"

"직접 가보세요. 우리는 빨리 풀을 먹으러 가자, 걸."

"성당에 가려면 어떻게 해야 해?"

"성당은 오를레앙 섬 뒤쪽에 있어요."

"고마워 카우, 걸! 나중에 같이 나이아가라 폭포 미끄럼을 타러 갈래?"

"그럼요."

"너희를 어떻게 만날 수 있어?"

"초록 풀 초니 님에게 얘기하시면 돼요."

"응, 알겠어."

초록 풀 초니가 생각났다. 초록 풀 초니는 지금 어디에서 초록 풀들을 만들어내고 있을까?

한참을 걷다 보니, 런던 포그의 안개가 살포시 감도는 성당이 보였다.

'와~ 조용하고 아름다운 성당이구나.'

그 앞에 벤치가 하나 놓여 있었다.

'이곳에 앉아 잠시 쉬어 가야겠다. 아직도 폭포를 탄 기분이 사라지질 않네. 와~, 폭포를 탔을 때의 그 기분….'

그곳에서 내려다본 폭포 아래는 까마득하게 깊었다.

'와, 어떻게 여기를 내려갈 수 있지?'

카우와 걸이 신나게 내려가는 모습을 보며 용기를 내볼까 말까 잠깐 고민했다. 그런데 고개를 내미는 순간 나도 모르게 한 발 앞으로 내디뎌 미끄러지고 말았다.

"아악! 아악~~~~!"

엄청난 가속도가 붙으면서 내려가는 동안, 얼음 속에 숨어 있는 수많은 물고기들과 인사를 나누었다. 하늘을 나는 듯 이쪽으로 갔다가 저쪽으로 갔다가, 붕 떴다 가라앉고 붕 떴다 가라앉기를 수십 번 하자 폭포 여행이 끝나 있었다.

'정말 재밌어!'

벤치에 앉아 내가 타고 온 폭포들을 생각하는데 갑자기 어떤 불빛들이 나를 에워쌌다. 하나, 둘, 셋, 넷, 다섯, 여섯, 일곱, 여덟, 아홉, 열! 열 개의 불빛이 내 주위에 원을 그리며 하나씩 켜졌다 꺼졌다 반복했다. 내가 벤치에서 일어나면 불빛이 꺼졌고, 벤치에 다시 앉으면 불빛이 하나씩 모두 켜졌다. 그리고 벤치에 몸을 기대자 벤치가 훅 뒤집어지고 말았다.

Junea

왁스와 신발

"아악~~~~!"

어둠이 나를 스치고 지나가는 것 같았다. 나도 모르게 바람 아주머니가 준 망토를 주머니에서 꺼내 머리에 쓰자 마음이 안정되는 것 같았다.

'저기까지 가면 되겠지?'

아무것도 안 보였지만, 저 앞에서 무언가 나를 기다리는 듯했다. 나는 희미한 불빛을 향해 몸을 뻗었다. 더 빠른 속도로 가는 듯했다. 그 불빛을 통과하는 순간,

"어! 여긴, 여긴! 나이아가라 폭포오~~~ 아악!"

엄청나게 거대한 얼음 기둥들이 내 몸에 닿기 시작했다.

"앗! 따가워! 앗! 따가워! 아악! 아아아아악!"

"앞으로 절대로 폭포에서 미끄럼을 타면 안 된다. 허락을 받고 타. 특히 나이아가라 폭포에서 미끄럼을 타는 건 진짜 위험한 일이야."

"여긴 어딘가요?"

"박람회장 병원이야."

"그러면 의사 선생님?"

"어. 반갑다. 나는 닥터닥터라고 해."

"아, 닥터닥터 님. 안녕하세요. 근데 제가 왜 병원에 있는 거죠?"

"너는 나이아가라 폭포에서 허가 없이 미끄럼을 탔어. 큰일 날 뻔했지."

"몰랐어요. 근데… 병원이 엄청 크네요."

"여기는 모든 병원을 관리하는 병원이란다. 많은 약을 제조해 사람들이 아프지 않게 하려고 노력하고 있어."

"아…. 박람회장 병원군요."

유리창 너머로 수백, 수천 개의 약이 하나씩 하나씩 차곡차곡 만들어지는 게 보였다.

"저기는 엄청난 약을 개발하는 곳인가 봐요. 근데 닥터닥터 님, 저기에 약을 넣으면 또 다른 약들이 계속 만들어지나요?"

"응, 저건 수십, 수백, 수천 개의 약을 만들기 위한 장치야."

그때 갑자기 내 어깨에 멘 테니스 라켓이 생각났다.

"닥터닥터 님! 그럼 이 테니스 라켓을 저기에 넣으면 수십, 수백, 수천 개가 만들어질 수 있

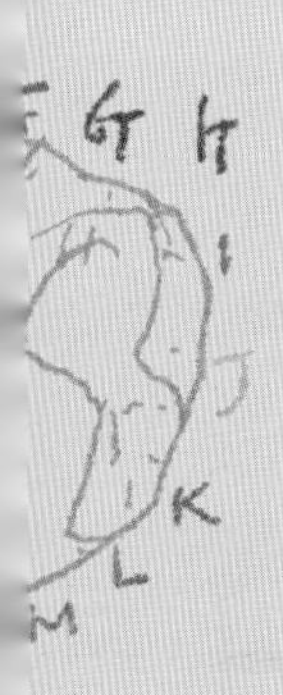

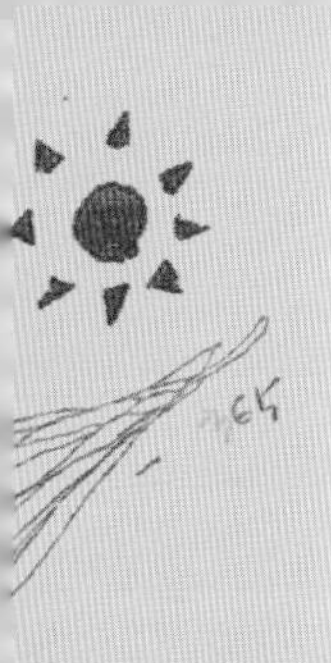

나요?”

“해보진 않았지만 가능하지 않을까?”

닥터닥터가 급하게 사람들을 모으기 시작했다. 병원 관계자들이 모여 의견을 나누는 소리가 들렸다.

“테니스 라켓도 가능한 겁니까?”

“뭐, 안 되는 법은 없겠죠.”

“테니스 라켓은 안 되지 않을까요? 약이 아닌데요.”

닥터들이 의견을 나누는 모습이 보였다.

‘내가 괜한 걸 물어봤나?’

“저기, 괜찮습니다. 화장실이 어디 있나요?”

“이쪽으로 가면 화장실이 나올 거야.”

“그런데 닥터닥터 님! 제가 여기에 얼마나 있었나요?”

“모르겠는데!”

“네? 모르세요?”

“너무 많은 환자가 있어서 잘 모르겠어.”

“제가 괜한 걸 물어봤네요. 그러면 화장실 좀 다녀오겠습니다.”

‘이곳에서는 정신을 똑바로 차려야지.’

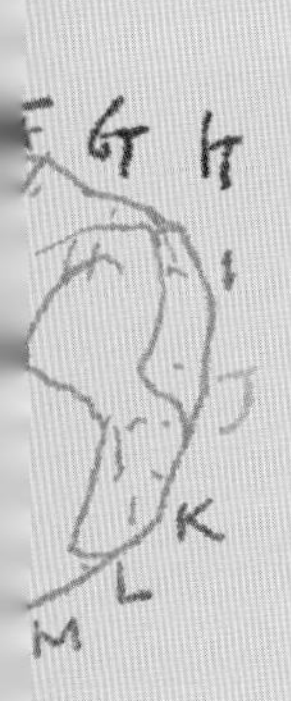

이런저런 생각을 하며 화장실을 갔는데 거기서 쿵 미끄러지고 말았다. 땅바닥을 쳐다보니 바닥이 아주 반짝반짝 빛났다.

'왁스를 발랐나?'

그 일이 있은 후 나는 바닥에 왁스를 너무 많이 바르지 말아 달라고 건의했다. 하지만 박람회장의 청결하고 우아한 모습을 유지하려면 왁스를 많이 바를 수밖에 없다는 답변을 받았다. 그걸 지켜본 닥터닥터가 신발 한 켤레를 주었다.

"여기에선 미끄러지지 않는 신발을 신으면 돼. 이 신발에는 기능이 많이 있어. 잘 활용해봐."

닥터닥터가 윙크를 하며 말했다.

"네. 고맙습니다."

나는 신발을 한 번 쳐다보았다.

"닥터닥터 님! 이 신발에 어떤 기능이 있나요?"

"재밌고 흥미로운 기능이 있어."

"닥터닥터 님! 제 옷이랑 테니스 라켓을 보관할 수 있는 곳이 있을까요?"

"그럼. 닥터 스카이 님이 준비해주셨어. 클린룸 335호로 가면 돼. 클린 아주머니가 도와주실 거야."

잠시 후 클린 아주머니가 나타났다. 아주머니는 아무 말 없이 나에게 따라오라고 손짓하며 방을 나갔다. 카리스마가 느껴졌다.

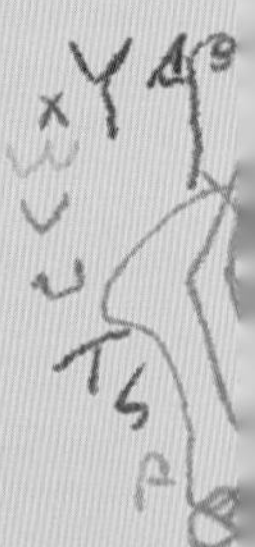

'저런 표정을 배워야 하는데…. 나는 진짜… 멀었어.'

나는 아주머니를 따라 방을 나섰다. 클린룸 335호 방문을 조심스럽게 열어보았다.

'어! 뭐시? 이건?'

안에는 수많은 옷과 신발들이 놓여 있었다.

'나를 위해 준비한 건가? 우와~ 이런 곳이 다 있다니!'

하나씩 열어보고 신기한 장난감들도 보고 테니스 라켓을 놓을 장소도 찾아 테니스 라켓을 올려두었다. 그리고 그 방에서 재미있는 것들을 하나둘씩 찾아보기 시작할 때 '똑똑!' 하는 소리가 들렸다.

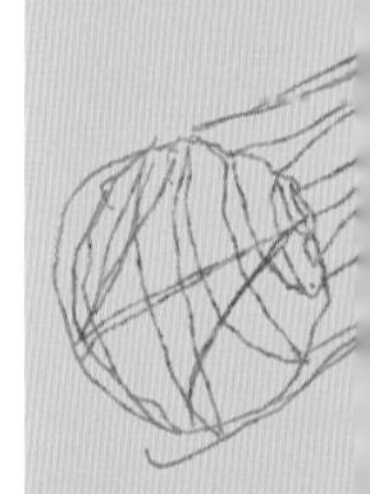

"누구세요?"

방으로 들어온 건 비술 아저씨였다.

"어! 아저씨! 오랜만이에요! 그동안 정말 많은 일들이 있었어요."

"응, 알고 있단다."

"알고 있다고요? 어떻게요?"

"어어~ 알고 있어. 지금까지 박람회장에서 겪은 일들은 어땠니?"

"어…, 뭐라고 할까…. 저 폭포를 탔는데 엄청났어요."

"폭포를 탔구나, 그래."

"그리고 또 뭐했더라? 너무 많은 일들이 일어나 뭐라고 말씀드릴 수가 없는데 음… 음…."

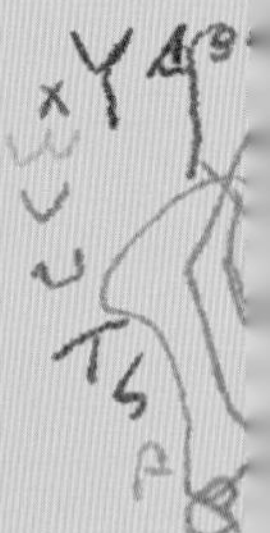

"재미있었니?"

"네! 아주 재밌어요."

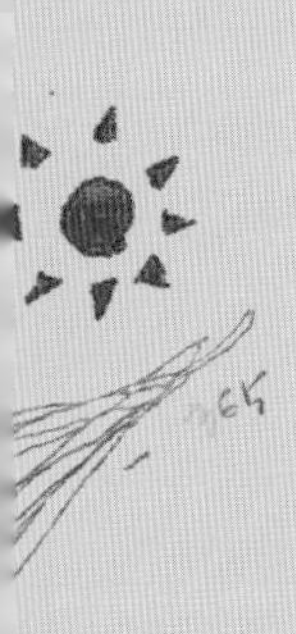

“그래? 넌 이곳에서 나가고 싶은 생각은 안 들었니?”

“나가고 싶은 생각이요?”

‘내 생활이 어떤 거였지? 하나도 기억이 나지 않네.’

“어… 나가고 싶은 생각… 잘 모르겠어요.”

“지금부터 내 말을 잘 들어보렴.”

“네.”

비술 아저씨는 나를 어떤 상자가 있는 곳으로 이끌었다.

“이 상자는 뭐예요?”

“편지 보관함이야. 열어보렴.”

보관함에는 서랍이 많았다. 손으로 서랍의 고리를 잡고 열자 엄청한 바람이 나오는 걸 느꼈다.

“와, 근데 서랍이 왜 이렇게 많이 있어요?”

“나중에 천천히 하나씩 열어보렴.”

“무엇이 있는데요?”

“나도 모르지.”

“아니, 여기는 왜 다 모르는… 아닙니다.”

“화났니?”

“아니에요, 아니에요. 화가 났다니요. 그냥 궁금해서요. 뭔지 모르고 열어봤는데 뭐가 있을

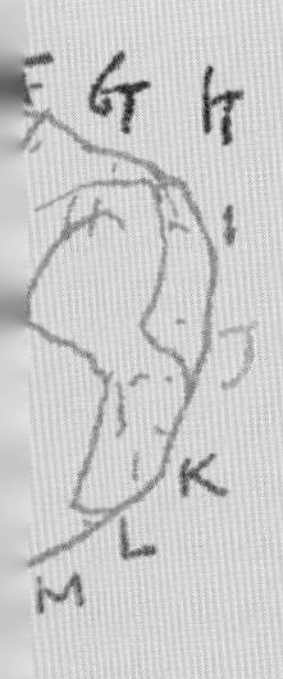

지 어떻게 알고….”

“여기 조그맣게 글씨가 보이지?”

“네. 보여요. 편지함. 여기는… 단서? 여기는… 어! 여긴 문이 안 열리네요?”

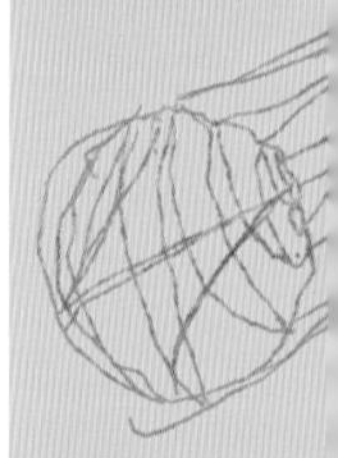

“문을 열 수 있는 건 두 곳밖에 없단다.”

“두 곳밖에 없는데 문이 왜 이렇게 많은 거예요?”

“트릭이지!”

“트릭이요? 트릭…. 아, 너무 어려워요. 아저씨.”

“하하하, 재밌으라고.”

“재밌으라고요? 아, 그럼 충분히 이해했네요. 전 지금 아주 재밌어요.”

“이제 농담은 그만할게. 잘 들어보렴. 앞으로 너에게 일곱 통의 편지가 이 편지함으로 전달될 거야.”

“일곱 통의 편지요? 왜요?”

“네가 그걸 아는 날이 오겠지? 꼭 와야 하고.”

“꼭 와야 한다고요?”

“이 단서함엔 다섯 개의 단서가 들어 있단다.”

“어떤 단서죠?”

“네가 이곳을 나가게 되는 단서. 혹은 네가 이곳에 있게 되는 단서.”

“아저씨는 원래 이렇게 어렵게 말을 하시나요? 평소에도?”

“하하하하하…, 어렵니?”

“네.”

“그럼 쉬울 줄 알았어?”

“무슨 소리예요? 아니에요.”

“쥬네스, 너 아주 재밌는 친구로구나.”

“비술 아저씨도 무척 재밌는 분이에요. 아저씨를 처음 본 순간부터 느꼈어요. 아저씨는 참 재밌는 사람일 거라고.”

갑자기 비가 내리기 시작했다.

“아저씨! 죄송해요. 와! 바로 비를 내릴 수도 있네요?”

“재밌니?”

“네. 재밌어요.”

“그래, 그랬으면 됐다. 자, 계속 얘기해볼까? 네가 왜 이곳에 온 건지 잘 모르겠지?”

“네.”

“사실은 말이다.”

그때 단서함에서 불빛이 반짝반짝거렸다.

“어? 뭐가 왔나봐요.”

“한번 열어보렴.”

단서함을 열자 시원한 바닷소리와 바다의 향기가 전해졌다.

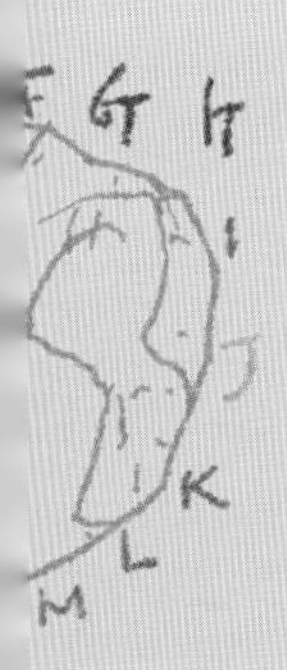

"와~ 마치 바다에 온 것 같아요!"

단서함에서 종이를 꺼내 들었다.

"한번 읽어보렴."

단서 1.

헤밍웨이 할아버지는 지금도 배를 타고

바다를 누비고 계신다.

"사실은… 사실은 말이다…."

비술 아저씨가 말을 이었다. 나는 비술 아저씨를 쳐다보았다. 비술 아저씨도 나를 바라보았다.

헤밍웨이 할아버지

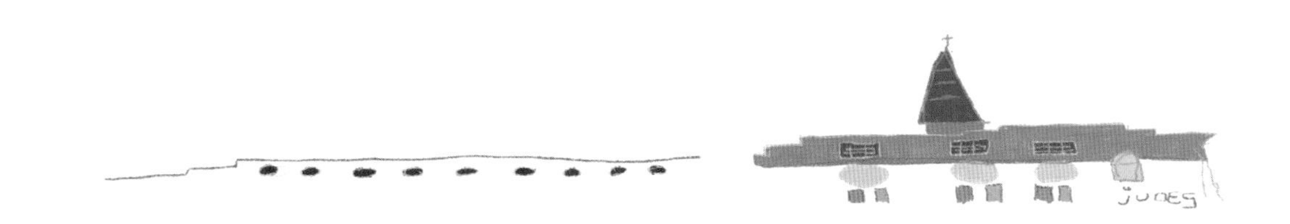

'왜 이 단서가 내게 전달된 걸까?'

바다가 보이는 모래 위를 거닐며 생각에 잠겼다. 그때 갈매기 조나단의 친구라는 갈매기가 내게 말을 건넸다.

"뭘 찾고 있나요?"

하늘을 쳐다보니 구름들이 떼를 지어 있었다.

"하늘에 구름이 많네요."

"구름이 다 붙어 있어요. 왜 그런지 아세요? 우리가 구름에서 마음껏 뛰어놀기 편하라고요. 그리고 길을 잃지 말라고요. 예전에 내 친구 조나단은 자신의 길을 찾으려고 우리와 헤어졌죠. 길을 잃고 혼자 날아갔답니다. 그 뒤로 만날 수 없었어요. 나는 지금도 그 친구를 만나고 싶어서 찾아다니고 있어요."

"아, 그렇군요. 그 마음은 어떤 마음이에요?"

"어떤 마음일까요?"

"보고 싶은 마음? 아… 구름이 다 붙어 있으면 친구를 찾기 위해 떠나는 길도 조금은 편할까요?"

갈매기는 날갯짓을 하며 내 옆을 계속 돌았다.

"혹시 헤밍웨이 할아버지를 만나려면 어떻게 해야 해요?"

나는 갈매기에게 물었다.

"고래를 만나야 해요."

"고래를 만나려면 어디로 가야 하나요?"

"바다로 가야죠. 라마께라 섬으로 가면 고래를 만날 수 있어요."

갈매기는 짧게 답하고 저 멀리 날아갔다.

"갈매기 님! 조나단을 만나면 안부 좀 전해주세요."

태양과 구름이 만나는 먼 곳에서 갈매기의 모습이 사라졌다.

내 앞에 배 한 척이 놓여 있었다. 나는 노를 저으면서 바다를 향해 한 걸음 한 걸음 내디뎠다. 그때 비술 아저씨와 했던 얘기가 생각났다.

"사실은… 사실은…."

나는 비술 아저씨를 쳐다보았다.

"네가 이곳에 온 이유가 있단다."

"그게 뭔데요?"

"지금은 말해줄 수 없어. 너는 지금까지 갔던 곳을 다 기억하니?"

"네. 짧은 시간이었지만 정말 많은 곳을 여행한 것 같아요."

"어떻게 갈 수 있었다고 생각해?"

"그러게요…."

"잘 생각해보렴, 쥬네스. 너는 생각한 대로 마음먹은 대로 그곳에 갈 수 있었어."

"음…. 그런 것 같아요. 제가 생각한 대로 된 것 같아요."

"앞으로도 너는 원하는 곳으로 갈 수 있을 거야. 우린 그걸 도울 거고."

"음…. 왜 저를 도와주는 거죠, 아저씨?"

잠깐 생각하는 동안 아저씨가 사라지고 없었다.

"아저씨!"

내가 생각했던 것보다 노를 더 빨리 저었다. 조나단의 친구일지도 모를 갈매기가 태양 사이에서 달 사이로 움직이기 시작했다. 저 멀리 섬 하나가 보였다.

"고래다! 고래가 나타났어! 고래 님~~!"

고래가 바다 위를 출렁이자마자 큰 물결이 일면서 배가 뒤집혔다. 나는 바다에 빠지고 말았다.

"사람 살려!"

물속에 빠지자 물고기들이 내게 인사를 건넸다. 숨을 못 쉬는 와중에도 일일이 인사했다.

"안녀(부글부글)ㅇ 안(부글부글)녀(부글부글)ㅇ!"

물이 입속으로 들어왔다. 그렇게 한참을 갔을까? 갑자기 커다란 물줄기가 내 등을 떠미는 것 같았다. 눈앞에 거대한 태양이 나타났다.

"우와! 여기는 어디지?"

그러다가 다시 물속 깊이 떨어졌고 다시 물 위로 높이 올라갔다. 태양과 가까이 가는 순간 다시 떨어졌다.

'아! 고래가 물을 뿜는 거구나! 내가 고래 등 위에 있는 거네.'

"고래 님! 고래 님! 저 여기 있어요!"

다시 하늘로 올라갔다가 내려오기를 몇 번이나 했을까. 나는 고래 등에 털썩 주저앉았다.

"와~ 대단하다! 정말 멋지고 멋진 곳이야. 참 재밌어, 이곳은!"

나는 다시 고래와 함께 바다를 항해하기 시작했다.

"고래 님! 헤밍웨이 할아버지가 있는 곳으로 저를 데려가줄 수 있나요?"

고래는 또다시 물줄기를 뿜어냈다.

"아악~~!"

나는 하늘로 솟구쳤다가 떨어졌다. 가까스로 고래수염을 잡으며 말했다.

"아! 고래 님! 다음부터는 알았다고 말씀 안 해주셔도 돼요. 제가 다 알았다고 생각하겠습니다."

고래는 유유히 바다를 향해 가고 또 가고 있었다.

한참을 갔을까, 저 멀리 배 한 척이 보였다. 누군가 낚시를 하고 있었다.

'헤밍웨이 할아버지일까?'

생각하는데 고래가 하늘로 높이 솟구쳤다.

"으악~~! 고래 님! 조심~~ 으악~~!"

나는 하늘 위로 붕 날았다가 배에 쿵 떨어졌다. 배가 들썩거렸다.

"거참, 요란하게도 인사하는구나!"

"할아버지…, 안녕하세요. 혹시 헤밍웨이 할아버지?"

"어. 반갑네. 요란한 친구."

"너무 신기하네요. 고래 님이 던졌는데 어떻게 배에 딱 떨어졌을까요?"

"가끔씩 그럴 때도 있는 거지. 잘 맞을 때."

"안 맞을 때는 어떻게 되는 건가요?"

"아마 바다에 떨어졌겠지. 그래도 내가 너를 물속에서 꺼내지 않았을까?"

"그렇죠. 저는 운이 엄청 좋은 사람이네요."

"그렇다고도 볼 수 있고 아닐 수도 있…. 잡았다!"

헤밍웨이 할아버지가 낚싯줄에 걸린 무언가를 들어 올렸다.

"기다려보자. 온다~! 자아!"

서서히 보이기 시작한다.

"어! 이건… 쓰레기네요."

"응. 나는 쓰레기를 낚고 있지."

"쓰레기를 낚아요? 왜요?"

"청소해야 하니까."

"할아버지는 매일매일 바다를 청소하고 계세요?"

"바다를 청소하면서 내 마음을 비우고 있단다."

"저도 해볼 수 있을까요?"

할아버지는 낚싯대 하나를 내어주었다. 내가 생각한 낚싯대와는 약간 다르게 생겼다. 끝에 뾰족한 바늘 대신 무언가를 건져낼 수 있는 그물 같은 것이 달려 있었다.

"알겠습니다. 저도 바다를 한 번 청소해보겠습니다."

나는 할아버지와 신나게 바다를 청소했다. 한참 시간이 지난 후 할아버지가 내게 물었다.

"누군가를 기다린다는 마음을 아니?"

"누군가를 기다린다는 마음이요… 아! 여기 오기 전에 갈매기 친구를 만났는데 자신의 친구 조나단을 찾는다고 했어요. 보고 싶다고. 그런 마음일까요, 기다린다는 마음이?"

"그럼 그 친구를 만나러 가보렴."

헤밍웨이 할아버지 말을 듣고 나는 잠시 머뭇거렸다.

“갈매기 친구들도 못 찾는 조나단을 제가 어떻게 찾죠?”

“바로 네 옆에 있을 거야.”

“옆에 있다고요?”

“네가 가고 싶은 곳은 항상 네 옆에 있단다. 네가 원하는 건 항상 네 옆에 있어. 하지만 간절히 바라고 소망해야 얻을 수 있단다.”

“아… 그러네요. 이곳에서는 제가 가고 싶은 대로 왔네요.”

나는 가슴이 벅차올랐다.

“할아버지. 또 와도 될까요?”

“고래를 타고 또 오렴.”

“그때는 지금처럼 바로 배에 탈 수 있겠죠?”

“그건 그때 가봐야 알겠지? 앞일을 어떻게 알 수 있겠니?”

“그때도 지금처럼 무사히 도착했으면 좋겠네요.”

“할아버지, 저는 여기서 어떻게 나가야 하죠?”

“바로 네 옆에 있어.”

“옆이요?”

나는 고개를 옆으로 돌렸다.

2. NA에서 펼쳐질 이야기

친구를 그리워하는 갈매기 조나단을 만나 스노우 브라더와
비술 아저씨의 우정을 깨닫는 쥬네스.
위험에 처한 지렁이 지토를 도와주라는 비술 아저씨의 말에
수천 마리의 지토 가족과 친구들을 구하러 모래사막으로 향하는데….

사막과 바다, 우주로 떠나는 쥬네스의 모험이 본격적으로 펼쳐집니다.